七時吉祥

上卷

九鷺非香
——著

七時吉祥

目錄

楔子

我是一朵祥雲，百年前飄過月老殿的時候，喝醉酒的老頭子突然來了興致，在我身上輕輕一點，將我點為仙。月老酒醒之後摸著鬍子，自圓其說曰：「嗯，是朵有仙緣的祥雲。從今往後，妳便叫小祥子吧。」

當時，過於單純的我並不覺得這個名字有什麼不對，便乖乖地點頭應下了。

從此，我以一個女人的身體，頂著一個太監的名字，在月老殿裡住下來，成了這老頭子的靈童。老頭日日賞我三頓飯，給我一點兒零花錢買酒和零嘴，打發我每日替他看守月老殿裡亂七八糟的紅線。

日復一日，不知不覺我已經替月老打了數百年的工。我以為以後的日子也會任由我坐在月老殿前，數著飄過的朵朵白雲，慢悠悠地度過；但是無數前人告訴過我，平淡的故事其實是在耽誤讀者的時間，所以，我的人生不負眾望地起了波瀾。

那一天，一個惡夢一樣的男人不知從頭頂上幾十重天摔下來，一頭扎在月老殿前的祥雲地毯裡，弄出的聲響就像是我偶爾腸胃蠕動後放出來的屁。

我打著瞌睡，半夢半醒地掃了他幾眼。

紅衣少年艱辛地從祥雲地毯中拔出腦袋，眼神一和我對上，他登時便惱了。「臭丫頭在旁邊看著，也不知道過來幫小爺一把！」

我被他罵得精神了些許，睜大眼認真地盯了他一會兒，道：「你這不是出來了嗎？」

他狠狠地瞪我一眼，一邊拍著身上的華服站起來，一邊不屑地鄙視我。「一看妳就是窮酸月老府上的侍女，沒眼識。」

我懶懶地打了個哈欠，扭了扭屁股，換了個更悠閒的姿勢倚坐在階梯上，掏了掏耳朵道：「眼屎沒有，耳屎被吵出了一堆，你瞅。」說著將手指上的東西彈出去。

少年極度嫌惡地側身躲開，眼裡的鄙視更是滿滿地溢出來。「哼，窮酸主子果然養窮酸的丫頭。」

我平時雖然也不大待見月老那個愛偷酒喝的老頭，但好歹他算是我的主子，供我吃、供我喝的，一起過了幾百年，面子上也是一家的。一家人可以互相嫌棄，卻容不得外人來說半點不好。

我瞇著眼，上下打量少年一會兒，道：「聽聞昴日星君府上的人都學得滿身騷包打扮、一臉傲嬌相，一府十二個小子，一個比一個『豔麗』，令天界豔羨。本來我還不信，不過今日見仙友如此打扮，確實是讓窮酸丫頭我開了回眼界。」我盯著少年氣青了的臉，得意地笑。「敢問仙友在其中排行第幾啊？」

「臭丫頭放肆！」他揮手化氣為形，一道長鞭狠狠甩了過來。

我平日雖懶，不喜歡做其他事，但自從知道手上功夫落了下乘便要受人欺負這個道理後，我就沒落下過修煉。混了幾百年，仙法也算是有點小成，他這記鞭子雖然來得又狠又快，但我還是堪堪接了下來。

只是他突然出手，我沒有防備，用來抵擋的團扇竟被鞭子絞了個粉碎。

我霎時愣了。

天界的物價不高，但月老摳門得離譜，素日裡給的零花錢，我買了幾斤酒喝便不剩多少，這團扇是我攢了好幾十年的錢，求了織女許久，她才答應便宜賣給我的，我還沒把玩幾天，這……這渾蛋竟給我絞碎了？

我分不清心中這澎湃的情緒到底是悲是怒還是痛，只覺得今日定要將這小子的底褲扒了，狠狠抽他一頓屁股才消得了氣。我擼起袖子，將百年懶得紮一次的頭髮盤到頭頂上。

「你過來。」我一邊盤頭髮一邊道：「兩個選擇。」

他手裡拿著鞭子，一臉不屑地看著我，脣邊還帶著欠收拾的笑。

拍了拍盤得緊緊的頭髮，我站在月老殿前的階梯上，比出了手指。

「一、賠錢。二、拿你的肉體來贖罪。」

少年一聲冷笑。「妳是什麼東西？」

我將手指捏得卡卡響。「我是讓你的人生從此變得黑暗的烏雲。顫抖吧，少年。」

他一挑眉，對我的勇於反抗很是驚訝。「小侍女區區幾百年的修為竟敢和爺挑釁，哼，膽子不……」

他話音未落，我小施法術，令他腳下的祥雲地毯變得如泥沼一般黏稠，讓他的雙腳深陷其中。少年有些怔愣，趁他還沒反應過來的時候，我亮出了白白的牙齒，然後猛地撲向他的懷抱。

少年很是驚駭，奈何雙腳被縛住，動彈不得。我攀住他的肩，笑了笑。「肉很香嘛。」而後毫不猶豫地一口咬下去……

我法力確實低微，在這些神仙動輒幾千年、幾萬年的修為排行中，我或許連塊渣也算不上，用法術打在人家身上和撓癢似的，我才懶得費那力氣去鬥呢。左右天規在那裡，他是不能弄死我的，我便先讓他見了血再說。

咬肌緊鎖，我又加了把勁，少年大叫一聲之後驚呼連連，一時也沒想到用法術，拽著我的頭髮就往後扯，將我之前盤好的頭髮也抓亂了，我緊緊抱住他的腰死也不鬆。

「妳是狗妖嗎！不對！妳是王八嗎！妳個小王八蛋！鬆口！」

「賠閒！唔然，肉滋啊來！（賠錢！不然，肉撕下來！）」我含糊不清地說。其實，我覺得平日裡我還是個與人為善的小仙，若不是這傢伙讓我數十年的積蓄打了水漂，我是斷不會如此強悍地與他理論的。

糾纏了一會兒，我嘴裡的口水開始不受控制地往外流，混著他的血，浸溼了他肩頭的那片紅衣裳。我覺得這樣有些不大禮貌，於是便鬆了嘴，將嘴裡的唾沫盡數嚥下去，道了聲：「對不起，我不是故意吐你口水的。這塊溼了，我換個地方咬。」說完立馬換了個地方咬住，繼續狠狠道：「賠閒！唔然，肉滋啊來！」

少年愣了好一陣子，貼在他身上的我明顯感到他的胸腔在大力地起伏，他氣得顫抖。

「妳咬人居然還嫌髒！妳還嫌我髒！」說著他將長鞭折了幾折，變成了短鞭，隨後「啪」的一聲，我覺得臀部一陣麻木，然後刺痛感慢慢滲進肉裡，我「嗷」的一聲，鬆開了他。

我愕然又驚怒。「你毀了我的東西不賠錢，居然還敢抽我屁股！」

他同樣愕然又驚怒。「妳居然還敢橫眉豎眼地和小爺說話？爺抽妳不應該？不應該？不應該！」

他說一句「不應該」便抽我一下，我只覺屁股上火辣辣的疼痛燒上腦門，變成一股股按壓不住的邪火，幾乎要燒破天靈蓋。

「沒人抽過我屁股！」我大叫，聲音尖厲，腦袋狠狠對著他腦門一撞，這是一招同歸於盡的招數。他雙目眩暈，我也開始眩暈，沒法再分心控制腳下的法術，祥雲地毯又變回原來的樣子。

少年此時也被我撞暈了頭，我拽著他的頭髮狠狠搖了一會兒，他便失去平衡，摔在地上。躺下沒一會兒，很快的他就找回一點兒神志，又抓住我的頭髮，將我往地上按。

我們倆一邊滾一邊打，從殿外一直打到殿內，扯頭髮、插鼻孔、掐耳朵，半分法術沒用上，彷彿陷入了用拳頭解決問題的執念，打得那叫一個血肉模糊。

不知糾纏多久，撞翻了多少書案，終於驚動了醉在月老殿後院裡的月老。

「哎呀！嫦娥姊姊啊！」月老大叫：「紅線啊！紅線全亂了啊！」

第一章

彼此人生中的烏雲

我猶記得在那場驚了天的鬥毆之前，我曾與那惡夢一樣的男人說過一句話，我說「我是讓你的人生從此變得黑暗的烏雲」。事後想來，那句話，我說得實在是過於片面了。

我們倆頂著青腫的臉跪在玉皇大帝面前，玉帝老頭聽聞我們倆將月老殿中的紅線全數打亂之後，他沉凝許久，陳述了一通「和為貴」、「做錯事自然得受罰」的屁話之後，淡然地吐出一句話：「你二人毀了天下有情人的未來，便罰你二人歷七世情劫，也順道化一化對彼此的怨氣吧。」

「等等……」跪在我身邊的少年冒死打斷玉帝的話。「您是說，讓我和……她？這個悍……悍……漢子一樣的女人歷七世情劫？」他聲調有些變，想來是嚇得不輕。

我也嚇得不輕，翻著死魚眼驚駭地瞪著玉帝。見玉帝確認地點頭，我渾身一軟，只覺所有的希望都離我遠去。我才知道，以後一段時間裡，不僅我會成了少年人生中的烏雲，他也會成為我的烏雲，我們倆撞在一起，摩擦起電，成就了一片巨型雷雨雲。

「小祥子，妳既是月老下屬，此七世情劫便不宜由月老經手。」玉帝沉吟了一會兒。「托塔李天王何在？」

五大三粗的漢子手中托著金塔，三步踏上殿前，一抱手，聲色渾厚道：「在！」

玉帝摸了一把長長的鬍子，淡淡道：「嗯，這事便交由你來辦吧。」

「是！」

他精神抖擻的回答讓我心臟狂跳，我深呼吸，仰頭望向李天王，天界富足而安樂的生活養出了他一身肥美的膘。彷彿知道我在看他，他也扭過頭來，深埋在大鬍子裡的嘴不知道咧出多大的弧度，擠得整張臉的肉都堆了起來。大叔笑得如此甜美……

我只覺心臟一陣緊縮，忙捧住心臟，深深呼吸，向來健康的我此刻竟覺得自己快要死掉了……

玉帝滿意地點點頭。「嗯，如此，小祥子妳可還有什麼話要說？」

我想說，月老殿裡的紅線左右也是月老那老頭喝醉之後自己胡亂牽的，打亂了就讓他再胡亂牽一通好了，實在犯不上用如此狠毒的招數來整治我啊！

我一回頭，看向凌霄殿右側的大臣隊列裡垂頭站著的月老，他也正可憐巴巴地望著我，一副求我不要揭穿他的哀求樣。

我扭過頭來，不停地深呼吸，緩了好一會兒問：「我可以罵街嗎？」

「不行。」

「我……無話可說。」

玉帝又滿意地點頭，眼神一轉，落在我身邊的少年身上。「初空，你可有話要說？」

初空……原來這個少年竟是昴日星君府上那十二個少年當中的老大，人間每年頭一個月便是他在打理。我現在才知道要和我一起歷七世情劫的少年身分，我仰頭望凌霄殿上浮華的天花，這是多麼諷刺的世界。

少年在我身邊沉默許久，直到我好奇地將目光落在他臉上，他才慘白著臉道：「這一次，打亂月老殿的紅線，實在是我二人的過錯。不過，我可以對昴日星君發誓，這個女人打亂的紅線一定比我打亂的多，所以，可以每一世都讓這個女人更慘一點嗎？」

我暴起，又想扒他底褲了。忽地肩頭一沉，是李天王走到我身邊，他將我按下去，淡定道：「我會公平地衡量各人功過。」

李天王雖然身材走形了，但是剛正不阿的脾氣還是沒有變的。我心酸而感激地點了點頭，覺得這個世界還是有愛的。

事情判完了，眾人各回各家，出了凌霄殿的大門，隔了老遠我便聽見李天王渾厚的大笑聲。

「我最愛看小媳婦苦追相公的戲碼了啊哈哈哈！」

我在天界簌簌的風聲中，慢慢僵立成一個寂寞的背影。

月老送我到地府後，拍著我的肩嘆息了一會兒。「小祥……」我狠狠一瞪他，月老識相地將後面那個「子」字吞進肚子裡，他又嘆了口氣道：「妳這一去，月老殿又得有許久沒人守了，老頭我該如何是好啊。」

我撇了撇嘴道：「你少喝點兒酒就當給我積德了吧。」

月老一臉落寞地捏著白鬍子。

我心中有些不忍，這老頭平日雖然摳門了些，迷糊了些，不可靠了些，但總的來說對我還是不錯的，沒有像別的仙君那般對自己的仙童嚴厲打罵。我心軟地安慰他：「天上一天，人間一年，七世情劫最多不過耽誤一年多的時間，我很快就回來了。」

月老搖頭嘆息，駝著背憂傷地回去了。

看著他的背影完全消失在地府陰森的黑暗中，我才轉過頭來打量高高豎起來的牌坊，「幽冥地府」四字顯得格外陰森。取下腰間酒壺，我仰頭飲了口烈酒，邁步踏入牌坊之下。

我想，沒什麼好怕的，就當是出來見見世面吧。

鬼的數量一日比一日多了，奈何橋前規規矩矩地排了六支隊伍，六個小鬼分別給排隊的鬼魂分發湯水，身軀巨大的孟婆坐在一邊閒閒打著瞌睡。

我隨意選了一支隊伍，也規規矩矩地排了進去，一路慢慢挪，等孟婆湯都要發到我手裡了，我也沒見到初空那個渾小子。正在琢磨他是不是已經投過胎了，忽然一道金光在陰暗的地府中一閃，耀眼得讓眾鬼眩暈。

我往後一打量，一身紅衣的騷包德行，可不是那小子嘛。

此時他身邊還站著一個粉衣少女，初空一改與我打架時的凶悍樣，眸光柔柔地落在粉衣少女身上。死寂的地府中，除了忘川河水潺潺流過的聲響外便再沒什麼響動，他的聲音清清楚楚地傳到每個鬼的耳朵裡。

「鶯時，不用擔心，我很快就回來。同是男兒，李天王斷不會讓我吃虧的。」

「話雖如此，但初空哥哥你還是要注意安全啊。聽說月老殿那個小祥子脾氣很是古怪，你……你與她在一起，要小心提防些……」

我望天，仔細回想了一下自己到底做過什麼古怪的事，讓這小白花一樣的姑娘如此形容我。

小鬼難聽地咳嗽兩聲，提醒我接過湯碗。我不好意思地笑了笑，正打算乖乖仰頭喝下孟婆湯，忽聽初空那小王八蛋放出狂言。

「放心，那悍婦脾氣雖怪，但智力與武力皆在我之下，憑她，還不能讓我怎樣。」

額頭上的青筋一凸，我眯起眼，轉頭望向那個人模狗樣的男人。

初空又道：「待我將那小祥子當太監一般使喚了七世回來……」

「太監」二字將我的神經刺得輕輕一跳，手中的孟婆湯跟著微微一顫。

那方，初空繼續說道：「我再陪妳一起去晨星殿數星星。」

「數你大爺……」我一聲吼，在小鬼驚愕的目光中將手中涼涼的孟婆湯劈頭蓋臉地向那傢伙砸去。湯全灑在空中，碗卻正中初空的側臉，他一聲悶哼，捂住了臉。驚時嚇得大叫。

我指著他那一雙在之前「交鋒」中被我揍得青紫的眼，譏諷道：「睜著一對熊貓眼說瞎話，你也不嫌蛋疼。」

初空緩了好一會兒才忍下疼痛，他抬起頭來，雙眼中蘊藏了駭人的暴怒。粉衣的鴛時在他身邊嘰嘰喳喳地喚著，望著他的臉直呼心疼，活像是砸了她一般。

我用鼻子哼出一聲冷笑，初空咬牙切齒地望著我。我瞧見他手中正以法力凝氣，彷彿要將我一巴掌抽死，我心中陡然生怯。畢竟，若要鬥法的話，我比初空確實還是不如的。

這時，身邊的小鬼猛地回過神來了。「妳……妳把孟婆湯砸了！妳要造反哪！」

他尖厲的聲音刺破了孟婆瞌睡中的鼻涕泡泡，孟婆龐大的身軀一動，眼瞅著便要醒了，那種常年受地府浸潤的陰暗氣息一動，不過是朵小祥雲的我立即腿一軟、膽一寒，劈手直指初空道：「是他！他要造反，那小渾蛋不想喝孟婆湯，所以之前威脅我，先讓我來做實驗，看看不喝湯會有怎樣的懲罰！我都是被逼的！」

「嗯？」一個帶著初醒沙啞的渾厚女聲在昏暗的地府之中迴響，沉沉的，壓得人喘不過氣來。「誰不喝我熬的湯？」

眾鬼霎時悚然直立。

孟婆龐大的身體站了起來，足足有兩丈高！陰影一時間籠罩了整個奈何橋。

彷彿看到摔在初空面前的碗，孟婆一怒，大喝道：「誰敢不喝湯！老娘成天熬湯熬得多辛苦，你們這些小王八蛋竟敢浪費老娘的心血！」說著，巨大的身軀「咚咚」地踩過眾鬼魂的身體，直直衝初空奔去，速度奇快，與她的體積完全不符。

驚時嚇得目瞪口呆、面無血色，初空也是一臉愕然。眾鬼魂同樣嚇得魂飛魄散，四處亂竄。

我左右看了看，見沒人注意我，便一溜煙地跑過奈何橋，直奔六道輪迴而去。

投入輪迴之前，我回頭一望，只見奈何橋前一片塵土飛揚，跑的跑、叫的叫，孟婆將初空緊緊捉在手裡不停地訓斥，唾沫星子噴了他一臉；而初空則緊緊盯著我，怨毒的目光彷彿要將我千刀萬剮。

我頓了頓，覺得自己做得有點不對……

於是我在跳入輪迴道之前，對他豎起了大拇指，然後狠狠往下。

被孟婆捉住的他面色變得更為難看，我拍了拍屁股，高高興興地投了輪迴。

初空是肯定逃不過喝孟婆湯的境遇了，這第一世，我比他先出生，我有前世的記憶，我比他更為強大。換句話說……

小渾蛋，你就等著死吧！

「小姐！我的小姐啊！」

丫頭尖細而驚恐的聲音由遠及近，慢慢傳進耳朵。陽光從眼皮的縫隙中透進來，我懶懶地打了個哈欠，翻了個身，覺得這日子舒坦得猶似我還只是朵祥雲的時候，每天以晒太陽為己任，以睡大覺為目的，什麼都不用憂慮。沒有摳門的月老，沒有精打細算存錢買團扇的艱辛，沒有紅衣少年凶神惡煞般的面孔……

紅衣少年……

我睜開眼，擺出了修羅相。光是想到那個人的身影，便能讓我心情爛得再也睡不著覺。

我翻身坐起，丫頭肝膽俱裂的尖叫聲再次刺痛我的耳膜：「小姐！您莫動，翠碧來救您！不，翠碧叫人來救您！」

大樹之下，我的貼身丫鬟嚇得一臉蒼白，左右張望著尋找路過的僕從。

我不甚在意道：「我自已能下來。」開口發出的稚嫩童聲仍舊讓我感到不習慣，我揉了揉嗓子，捏出了點兒沙啞成熟來：「妳，閃開，我要跳下來了。」

翠碧本就倉皇的白臉一下子青了。「小……小……小……姐，別……別……別……您不要嚇我！您不要欺負翠碧膽小啊！」

我不理她，翻身抓住大樹上的木疙瘩，熟練地往下爬。

眨眼間投胎到丞相府中已是第五個年頭，五歲的相爺幼女，整日被人捧在手心裡疼寵著，不用洗衣疊被、掃地做飯，連爬個樹都有丫鬟在下面如同要英勇就義一般護著。

我十分納悶，李天王喜歡的小媳婦追相公的戲碼到底要怎麼安排呢？

況且……我那「相公」估計還在地府受罰吧。我在心底猖狂的一笑，憶起那日投胎前初空穿過唾沫星子望向我的怨恨眼神，我的心情霎時飛揚起來。

打擊報復乃是人間極樂也！

離地近了，我縱身一跳，落在地上，在翠碧滿頭冷汗的嘮叨中，淡定地問：「什麼事？」

翠碧過了好一會兒才歇了口氣，道：「相爺讓奴婢來尋您，說是要帶小姐去大將軍府。」

「哦。」我不鹹不淡地應了一聲，將爬樹時弄髒的手在翠碧的裙子上抹乾淨。翠碧咬了咬牙，忍住沒說話。我又道：「妳去告訴我爹，讓他先去，大將軍府我熟，自己找得到。」

據說當今皇帝與我爹還有大將軍是自小玩到大的好朋友，特別是我爹宋勤文與大將軍陸涼，他倆的關係出奇地好。兩家府邸門對門，每日兩家大人一起上早朝，一起辦完公務回家，家眷也閒著沒事就互相串門子。將軍府我熟得跟我的閨房似的，實在犯不著讓人領著我去。

我說完話，翠碧卻為難地皺了眉。「可是，相爺說今日一定要與小姐一起去啊……」

這些搞政治的老頭總有滿身的屁事。我撇了撇嘴，無奈道：「好吧好吧，我這就去。」

一路趕到前廳，我爹坐在上座細細打量我一番，而後發出一聲頗為無奈的長嘆：「罷了罷了，野就野一些吧。」

我扯了扯衣服，沒覺得有什麼不對。這比我在月老殿穿的衣服規矩多了，他到底是在挑剔些什麼……

走去將軍府時，宋爹開始為我講述一段往事，他說，在我還在娘肚子裡的時候，大將軍的夫人也懷了胎，兩家狗血地約定，若為同性則拜為兄弟姊妹；若為異性，則指腹為婚。不曾想到的是，將軍夫人某日不小心摔了一跤，將孩子摔掉了，後來再也沒有懷孕……

我打斷我爹深情的講述，道：「不對啊，前些天我見過將軍夫人，她肚子已經很大了。」

說完這話，我突然有了種不祥的預感。

我爹深情地凝望著我，然後點了點頭。「沒錯，正是今日，將軍夫人產下一子。雲祥，妳可以看見未來夫婿的模樣了唷。」

我仰起頭，看見在逆光之下我爹微笑的側臉，雙目含著淚水，定定地問他：「您見過羊駝嗎？」

宋爹愕然。

我垂下頭，捧住心臟，兀自呢喃：「您知道一萬頭羊駝呼嘯而過的心情嗎？不……您不懂。」我抹了把淚，翻著死魚眼望我爹。「您帶我去看他吧。」

跨進將軍府的大門，身邊的僕從向我與我爹躬身行禮，眾人迎接的聲音蓋過了我陰沉沉的言語——

「……那個來遲了的小子。」

將軍喜得貴子的消息傳得很快，我與我爹剛在大廳裡坐了沒多久，京城的大小官員便陸陸續續地帶著禮物來了。我爹忙著與同僚寒暄，我便悄悄地跑去後院，將軍府的人都認識我，便沒有阻攔。我以純真無邪的小孩身分一路跑到了將軍夫人的內寢，走到門外便聽見了將軍夫人虛弱的笑聲。

「阿涼，兒子很像你。」

大將軍粗獷的聲音此時也化作了柔水，溫潤得幾乎讓我聽不出來是他。

「不，兒子像妳。」

我不讓門外的侍衛通報，悄悄地進了屋，躲在內室門外，探出個腦袋往裡張望。將軍夫人身邊放著一個肉球，包裹得嚴實，只露出一張臉，從我這個角度看去，只能看見他的鼻子、眼睛全皺成一團。我深深覺得將軍和將軍夫人都錯了，這貨明明就像是包子，了不起是個餃子，哪兒能分得清像誰不像誰。

彷彿察覺到我的存在，大將軍轉過頭來看了我一眼，隨即瞇眼笑了起來。他捏了捏小包子的臉，道：「小子，豔福不淺啊，還沒睜眼，你媳婦就在門邊等著你了，還不起來看看。」

我聽了這話不好意思再躲著，便大大方方地走出去，喚道：「將軍好，夫人好。」

將軍點了點頭。「小丫頭著急地尋過來了，妳爹他們也該久等了吧。夫人妳好好休息，我先出去。」

夫人虛弱地點了點頭。

將軍路過我身邊時，不客氣地揉了揉我的腦袋。「丫頭，去，看看我兒子，妳相公。」說完便大步出了門。

我也不客氣地跑到床邊，趴在床沿打量這一世初空的模樣。

這皺巴巴的一團醜極了，我抬頭望了望將軍夫人，不敢貿然出手揍他，只有眨著眼乖乖問：「夫人，我可以摸他嗎？」

「當然。」

我伸出食指，戳了戳他的臉。多麼奇異的柔軟觸感，怎能想像那凶神惡煞般抽我屁股的紅衣魔鬼居然和這個小傢伙擁有同一個靈魂。我有些驚訝地睜大了眼。原來這就是新生，把前世的一切都推倒重來，乾淨得讓人敬畏。

看見小傢伙握得緊緊的拳頭，我好奇地戳一下，哪兒想他竟張開手心，將我的食指一把拽住，握得緊緊的，然後拉著我的食指往他嘴裡放。

我驚得呆住，心頭彷彿被他柔軟的小手摸啊摸，摸出一片溫熱來。

這小東西簡直神奇極了。

「雲祥，他喜歡妳唷。」將軍夫人溫柔地摸了摸他的臉，輕柔地對我道：「妳可喜歡他？」

我心頭一顫，覺得如果在這種時候說出「我喜歡欺負他」這樣的話會挨雷劈，於是我識相地點了點頭。「嗯！」

指尖一軟，竟是他將我的手指頭含進嘴裡，溫軟地吮吸著。心頭不由得一癢，我趴在床榻邊，呆呆地看著他，被蠱惑了一般說道：「好喜歡啊……」

這種溫軟的觸感，比織女那把團扇搧出來的暖風還要讓人沉迷。

「多好啊，從今以後，你們可以攜手到老，白髮齊眉。」將軍夫人慢慢說著。「妳雖比他大幾歲，但也沒什麼大不了的，現在妳護著他，以後他便可以護著妳……」

這淺淺的聲音飄到我耳邊，「相公」兩個字將我砸回現實，那日李天王出了凌霄殿後猖狂的大笑聲又在我耳邊迴響，我不由得打了個寒顫，甩了甩腦袋，清楚地看見未來小媳婦苦追相公的生活正一步步向我靠近，而我居然在這樣的時刻被敵人的外表迷惑了心志！

多麼失敗，多麼可恥……

那日我是如何失魂落魄回家的，我已記不得，只知道我爹在用完晚膳之後摸了摸我的腦袋說：「雲祥，以後一定要和海空好好相處啊。」那模樣簡直像是已經把我交代出去似的。

我怔怔地問他：「海空是什麼？」

「妳陸叔叔的兒子，妳今日不是見過了嗎？可還喜歡？」

我失神地點了點頭道：「喜歡，陸叔叔取名字取得好，很具有軍事前瞻性，不愧是我朝第一將軍。」

可不是嘛，陸海空，你簡直霸氣極了。

宿命之輪從那天起轉了起來。午夜夢迴，我彷彿能看見李天王執筆伏案，淫笑著揮毫的激動模樣，我就像是被穿在竹籤上的肉，任由蘸滿醬油的大筆在我赤裸的身體上塗塗抹抹，刷來刷去……

我拉起被子將頭緊緊捂住，讓自己拋開那些邪惡的畫面，直到喘不過氣來時，我才一把掀了被子，猛地坐起身來。

不行！若就此臣服於命運，實在太浪費我這一肚子壞水，呸！太浪費我上輩子在仙界混吃混喝的記憶了，我必須抗爭。

我咬著手指，愁眉苦臉地思索未來，有沒有一勞永逸擺脫初空那小子的辦法呢……

忽然，一道靈光在我腦海中一閃。李天王寫的是七世情劫，若其中任何一世，我與初空二人其中一個早早地死了，早早地去投了胎，等另一個人壽終正寢之時，便與先死的那人錯開投胎時間，這樣的話，以後每一個劫數不用特意避開，兩人就自然而然地錯過了！

想通這一道關節，我激動得跑到銅鏡前狠狠親了鏡子裡的自己幾口。相府小姐這個身分是可以名正言順好吃懶做的，我自是捨不得就此自盡，了結這種生活，那麼……

我望著銅鏡中自己陰森的小肉臉，桀桀笑開了。「親愛的陸海空啊，為了我們下六輩子的幸福生活，你就去死一死好不好？」

做了幾日詳細的計畫之後，我與匆匆地跑到將軍府，適逢屋中無人，是個下手的極好時機。

陸海空安安靜靜地躺在搖籃中，他與前幾日相比實在是漂亮不少，皮膚白白軟軟的，睫毛濃濃長長的，我忍不住趴在搖籃邊上，伸出手戳了戳他嘟起來的嘴。哪兒想，這一戳竟是將他戳醒了。

他眨巴著玲瓏剔透的大眼睛，水汪汪地望著我，我心肝一顫，又可恥地萌動了一番。

「啊。」他意味不明地叫了一聲，然後用糊滿口水的手指拽住我滑落下來的小辮子。

「啊！」他使勁一拽，扯得我頭皮生疼，這可恨勁一下子便讓我想到那個窮凶極惡的紅衣仙人。

我按壓住心頭的粉色泡泡，伸出手掐住小孩的脖子，溫軟而脆弱的觸感讓我覺得，好像不用使力，多碰幾下他就會自己散掉一樣。

這畢竟不是那個皮糙肉厚的少年……看著他純真的眼睛，我又軟了心腸。他哪裡知道我摸他脖子的意圖，小手鬆開我的辮子，又將我的手拽住，仍舊像上次那般，捉了一個指頭出來，放在嘴裡含著，彷彿這就是讓他最滿足的事。

他蹬了蹬腿，以表示興奮。

我也想跟著蹬腿。臭小子不要這麼萌啊！你讓姊姊我怎麼下得了手！

我正糾結著，忽然門被推開了，將軍府的奶娘和一群婢子走進來。

「哎呀，相爺千金怎麼也在這裡？」

「我……」我咳嗽一聲，冷靜道：「我來看看我的小相公。」

眾人都了然而猥瑣地笑了，奶娘忽然讓人驚悚地道：「待會兒我們要伺候小少爺沐浴，宋小姐您可也要留下來？」

「不了，我先……」我剛抽回手，陸海空忽然「咿咿呀呀」地嚷了起來，我怔愣地看著他，沒一會兒他便開始哇哇大哭，鼻涕、眼淚簌簌而下，一臉慘樣讓我無法直視。

我嚇得不輕，在天界從沒有生物在我跟前哭得如此慘絕人寰過，我下意識地便將手塞回他的嘴裡。含住我的手指頭，他很快地又安靜下來，咂巴著嘴，一臉幸福。

我默然。奶娘笑道：「這下好啊，小公子可離不得宋小姐了。」

我翻著死魚眼，靜看愚蠢的人類。

接下來，我便在非自願的情況下欣賞了陸海空被扒光洗澡的場景，沒有半分活色生香的感覺，倒像是大娘在洗豬皮。白白軟軟的一團，捏來揉去好不歡樂。

可不管怎麼說，我仍舊是因為自己的心軟浪費了一次做掉陸海空的絕佳機會。

以後的日子，我日日都往將軍府跑，日日都能見到陸海空，但將軍府的奶娘與婢子們在那以後總是寸步不離地看著陸海空，半點空隙也沒給我留。

我便琢磨著等著孩子大點兒了，能單獨帶出去玩的時候再將他做掉。

哪兒想，這一等便生生等了五年，等得我每次一看見陸海空時，眼睛都綠了。

將軍夫人和將軍老是調侃我：「這孩子，是中了海空的毒嗎？沒事就來看海空。不用急，你們還有一輩子要相守呢。」

一輩子太長，我只爭朝夕……做掉他，我就踏實了。

我十歲時野得正厲害。宋爹是徹底對我絕望了，抱著破罐子破摔的態度也不大管我，我自是發揮自身優勢，在京城一代混出了「混天魔王」的稱號。

陸海空五歲生日當天，我總算找了個方法騙過奶娘和一眾婢子，帶著陸海空偷偷出了將軍府。

我琢磨著，在將軍府中沒有下手的機會，出了府，那機會可是大大的多，比如小河邊滑、大樹枝脆什麼的，隨便找個地方就能弄出意外來。

我興奮得摩拳擦掌，陸海空卻緊緊貼在我身邊，軟軟道：「雲祥，我們還是回去吧，爹說外面人多，不安全。」

這小孩自小便被管得規規矩矩的，每次出門都有一大串人跟著，從來沒有「微服私訪」過，是以看見集市上來來往往的人，他顯得無措而緊張。

我正盤算著什麼地方能出個毫無破綻的「意外」，陸海空不安地拽了拽我的衣裳說：「雲祥，回去吧。」

「別吵。」

他乖乖地閉了嘴，又不安地四處張望一番。「雲祥。」他可憐巴巴地喚著，將肉乎乎的手伸到我面前。「要牽。」

我下意識地牽住他的手，腦海中靈光一閃，道：「小子，想不想去檀柘寺？」靠近郊外的寺廟，人少路偏，上山的路又窄又陡，小孩爬上去最容易腳滑了。

他轉著眼想了一會兒說：「那裡好遠，不安全。」

「有什麼關係，我們很快就回來了。」

他仍舊倔脾氣地搖頭。我想了一會兒，失落地嘆息道：「這樣啊……我想說你今日生日，我還想為你去求道護身符的，聽說檀柘寺的符可靈了。」我鬆開他的手，一臉失望。「你不想去就算了吧。」

「雲祥……」他有些慌了，忙又拽住我，猶豫了好一會兒道：「我們去嘛。」

失落一掃而光，我拖了他便走。「好，上路。」

初空啊初空，你莫要怪我心狠，這個法子對你我來說可是最好的選擇了。

別問我怎麼不去死，因為自殺實在是個太心狠的活，奈何我如此心軟……

去檀柘寺須得經過京城的鬧市區，陸海空從未來過此地，對什麼都覺得稀奇。「雲祥！那是什麼？」

我順著他手指的方向看過去，撇嘴道：「糖葫蘆啊，又硬又甜，一點兒也不好吃。」

陸海空眼睛亮了。「吃的啊……」

我覺得這應當是陸海空生命中的最後一頓飯，於情於理，我都不該吝嗇買糖葫蘆的這一文錢。於是我很大方地摸出自己藏私房錢的錢袋，在一堆碎銀兩中找出一文錢，得意洋洋地向賣糖葫蘆的小販走去。

想當年在天界，我身上要有這麼多錢那是絕對不可能的，如今我也是一個想買糖葫蘆就能買糖葫蘆的富人了，人生際遇實在是不可言說……

我正想著，突然，一個人迎面猛地撞上我，將我撞得一個踉蹌，摔坐在地。身邊的陸海空大驚，忙扶住我的背，慌張地喚我：「雲祥！痛不痛，痛不痛？」

我甩了甩腦袋，回過神來，手中的錢袋卻不知所終！

我想到自己在天界沒有半分富裕閒錢的苦日子，腦子霎時「嗡」的一熱。那裡面可是我好不容易囤來的積蓄啊！說搶就搶，簡直比當初絞碎我團扇的初空更加可惡！

「你大爺的！」我擼起袖子，站起身來，喝道：「偷錢便祕一生！小賊給我站住！」吼完我拔腿便追，也沒管比我腿短不少的陸海空跟不跟得上我。

前方的小偷約莫是沒料到我一個十歲的小丫頭竟然敢追他，他心虛，拔足狂奔。鬧市人多，偷錢的小賊在前方闖得人仰馬翻、雞飛狗跳，而我靠著現在身子小，東鑽西竄的，倒是很快追上他。

我現在經過六道輪迴的洗刷之後，身上的仙法全沒了，但一些拳腳套路還是記著的，對付武功高深的人是不行，應付這種小賊卻是足夠了。

對方是個中年男子，體形比我大不少，我想要速戰速決，硬碰硬肯定是不行的。於是，我在追賊的時候順了一個擺攤小販的擀麵杖來，離小賊兩步遠時，我由下往上揮杖，只聽「噹」的一聲，正中小賊褲襠要害。他「嚶」的一聲變調呻吟，隨後直挺挺地摔在地上，捂著褲襠，像毛毛蟲一樣胡亂蠕動。

我再接再厲，跳到他身上狠狠在他褲襠上跺了幾腳，小賊口吐白沫，當場暈了過去。

我扔了擀麵杖，從小偷的衣兜裡找回我的錢袋。「哼，敢搶本姑娘的錢，做好死的準備了嗎？」

仔細將錢袋中的銀子數了一下，發現一文沒少，我心滿意足地笑了。「陸海空，咱們去買糖葫蘆吧。」
周邊一片靜默。
我眨著眼，四處張望一下，這才發現，周圍皆是神色駭然的陌生人。
「咦？」我傻眼了。陸海空……在哪兒？

七時吉祥

第二章

小媳婦追相公開演

其實，比起搞丟陸海空，我原本的目的應該更可怕才是。但是，在搞丟陸海空之後，我陷入了一種深深的惶恐之中。

惶恐來源於我對各種悲觀現實的想像，若是陸海空就此身死也便罷了，但他若被什麼不法分子綁了去，賣去做苦力、做奴才，甚至……賣到妓院……腦中迸出的某種畫面讓我有些崩潰。

如果真是那樣，我覺得，初空即便到了地獄，即便是拚著魂飛魄散的危險，也得讓我消失在三界中吧。做人還是不能做得太絕才是。

我沿路一直呼喊著陸海空的名字，從未如此期待他平安無事地出現在我面前，奈何尋了整整一天也沒有結果。

天色漸晚，京城東南西北四個大門開始落鎖，若是有人將陸海空擄走，此時只怕是已經躲到城外去了吧，以我之力是斷然找不到人的。我想陸海空好歹是大將軍之子，大將軍為了尋兒子，動用一下特權應該也是可以的，思及此，我立馬趕回家。

將軍府門口兩個大紅燈籠已被點亮，守門的侍衛端正地站著。我正要奔過去，卻見宋爹一臉歉然地從將軍府中走出，他身邊陪著大將軍。

宋爹搖頭道：「都怪我素日未將那孽女管教好，教她膽大得闖下今日禍事，陸兄，待我找到那丫頭，定將她提來賠罪。」

我心裡「咯登」了一下，莫不是陸海空真出什麼事了？當下也顧不得宋爹要怎麼罰我，直愣愣地衝過去。「爹，將軍，陸海空他……他怎麼了？」

陸將軍還沒說話，我那氣歪了鬍子的爹先說道：「怎麼了？渾丫頭還有膽問怎麼了！我素日裡是太慣著妳了，讓妳沒天沒地的不知道分寸，今日，我非好好給妳補上一課！」

宋爹逮了我的手，拖著便往對門的相府走，還沒進門便大吼道：「老趙！把家法請出來！」

這是宋爹第一次說要對我用家法，我一面害怕挨打，一面又執著地問：「陸海空當真被人捉去賣了嗎？這麼一會兒時間就給賣了？怎麼賣的……賣了多少？」

宋爹氣得直顫抖。「我倒想將妳拖去賣了！」

「宋兄。」陸將軍插話：「雲祥還小，不懂事是自然的，左右現在我家小子也沒出什麼大事，這事便算了吧。」

我沒等宋爹回答，便插話道：「陸海空沒出大事？出了什麼小事？」

陸將軍頗為無奈地望著我，嘆息道：「被一些……壞人捉住了，幸虧府上的暗衛去得及時，那小子不過是磕掉瓣牙，受了點兒輕傷。不過雲祥今日私自將海空帶出將軍府，確實不應該。」

聽到陸海空沒事，我登時鬆了口氣，也沒管將軍後面說了什麼，轉頭便對宋爹道：「爹，您瞅，沒事，他貞操還在，命也還在。」

宋爹一張臉青白互轉了好一陣子，身後的陸將軍好似正在勸我爹一些什麼，聽到我這話，他話語一頓，盯著宋爹道：「十歲也不小了，沒幾年便要及笄，宋兄加強管教也是可以理解的。陸某先回去了。」

我陡然察覺到方才說了一句惹禍的話，正要彌補，宋爹將我的手一拽，拖得我一個踉蹌。他聲色俱厲道：「給我過來！」

想到宗祠供著的籐鞭，我的臀部已經開始隱隱作痛起來。沒有仙法護體，挨打可是件特別糟心的事情。我嘴角一撇，眼中開始聚集晶瑩的淚水。「爹，女兒錯了。」

宋爹不為所動。「平日裡就是太縱容妳了，才將妳縱成現在這副德行，今日這頓打，妳就是哭出血來也得挨著！」

「爹！」我的鼻涕、眼淚齊齊落下，與陸海空嬰兒時期的慘樣有一拚。我跪下，抱住他的大腿，聲嘶力竭地哭喊著：「女兒真的知道錯了！我再也不私自帶陸海空出府了！以後我一定乖乖地聽您的話！每天都會乖乖地在家裡讀書、刺繡！」

「哼。」宋爹冷笑。「這套路上月已用過。」他肅了臉，沉沉道：「莫要在這大街上哭，讓人看了我們相府的笑話。」他用這樣的語氣說話就是真的生氣了。

我知道今天這頓打是說什麼都逃不過了，剛抹了淚要站起來，忽聽身後將軍府的大門猛地被推開。小小的人連外衣都沒穿，紅著一雙眼站在將軍府門口。他額頭上纏了幾圈繃帶，想來就是今天受的傷。

陸海空見我抱著宋爹的腿，一臉淒清地跪在地上，很是震撼了一會兒。畢竟在這小傢伙的面前，我一直都是一個高大威武的存在。

我撒開抱住宋爹大腿的手，端端正正地跪坐在地，心裡還在琢磨他出來幹麼，只見陸海空嘴一撇，眼淚、鼻涕也跟著流下。我不解，他身後急急追來的奶娘和婢子們忙張嘴哄他。陸海空卻犯了倔脾氣一樣，狠狠推開眾人，蹣跚著腳步，抹著眼淚便向我衝過來。

「雲祥……嗚哇……嗚嗚……」他一隻手抹淚，一隻手拽住我的頭髮。「妳不要我了，妳不要我了，我怎麼追都跟不上！」

我嘴角抽了抽，胡亂扯了個理由搪塞：「我不是為了給你買糖葫蘆嘛……」

陸海空的哭聲微微一頓，亮亮的眼睛睜得大大的，盯了我一會兒，然後淚珠又大顆大顆地往外滾。「嗚嗚，都是我的錯，都怪我要吃糖葫蘆，雲祥現在還要挨打……是海空不好，讓雲祥受欺負了，是海空不好，護不了雲祥，海空笨，又給雲祥找麻煩了。」

他蹭到我跟前來，抱住我的脖子，鼻涕糊得我滿脖子的黏膩，哭得像是要挨打的是他自己一樣。

我有些發怔，任他的眼淚浸溼了我肩頭衣裳，有的還鑽進衣領裡，貼著我的皮膚滑下，有些涼，又有點溫熱。我不能理解，此時的自己在明知他弄髒我的衣服後，卻為何一點氣也生不出來。

「別哭了。」我順毛摸了摸他的腦袋，心頭恍然，原來喝過孟婆湯、走過奈何橋竟是這樣的意義。

不管前世的他是人是神，不管兩人之間有怎樣的愛恨情仇，投胎之後，一切都被推翻重來。我不識得你，你不識得我，於凡人而言，緣分跨不過一世……

陸海空抱著我哭了好一會兒，宋爹先受不了了。「罷了罷了！我不打了，今晚，妳跪到宗祠去，好好反省！」

當晚陸海空陪著我在宗祠裡呼呼睡了一覺，我倚著香案，他睡在我腿上。

翌日醒來的時候，陸海空在我懷裡眨著眼望我，他伸出溼溼的手掌道：「雲祥，妳看，妳睡覺時流了好多口水，我幫妳擦得衣袖都溼透了。」

我挑了挑眉，不輕不重地敲了敲他的腦門。「不許說讓我難堪的話。」

他老實點了點頭，隨即坐起身來。「我不嫌棄雲祥。」

我撇了撇嘴。你不嫌棄只是你太年輕，等你找回以前的記憶了，不知道會把我嫌棄成什麼樣呢。

我正腹誹著，陸海空卻抱住我的脖子，笑咪咪地蹭我。「等我長大了，雲祥就不會受罰了，做什麼都不會受罰，我護著妳。」

我嫌棄他道：「你多大點兒本事啊。別學花花公子說這些騙姑娘的話。」

陸海空沒應聲，只是一直摟著我的脖子，在陽光靜好中，竟有那麼一瞬讓我想抱住他狠狠親上兩口。

那日之後，將軍府上的人一致覺得小少爺玩得少了，起得早了，對待功課也比以前認真得多了，學武更帶勁了。

我琢磨著，難不成這小傢伙發現我對他的「圖謀不軌」，所以開始防範了？還是……他真的下決心要護著我？

笑話！我費盡心思要殺的一個小屁孩，居然想護著我？

初空聽到這話該笑禿毛了吧。

但不管怎麼說，在日後很長一段時間裡，我每日清晨醒來後看見的人一定是出了一身大汗的小鬼頭。他趴在我的床邊，興匆匆地告訴我，這天早上他是多早醒來的，練了多久武，背了幾首詩。

每日聽他陳述一遍他幹過的事，我悔得扼腕。這樣下去……這樣下去我還要怎麼和你鬥啊小王八蛋！

如此晃晃悠悠的日子一直持續到陸海空十歲、我十五歲的那年。

我，相府小姐，宋雲祥，及笄了。

可就在這年的七月，宋爹突然一臉嚴肅地告訴我，日後不許再與陸海空私會。我只道是宋爹的腐儒思想在作怪，擺了擺手沒理會他，可接下來的一個月，我當真再沒看見過陸海空。

中秋那日，天上明月正圓，一股奇怪的味道驀地飄散在相府上空。我扭過頭，看見將軍府那方升騰起一股濃煙，沒一會兒，沖天火光燒起，刺目地搶奪了天邊明月的色彩。

我眨著眼，想到這些日子以來宋爹嚴肅的神色與不知所終的陸海空，登時明白過來，啊，原來朝堂出事了。

我拍了拍沾滿月餅碎屑的嘴，剛站起身，忽聞宋爹一聲喝：「妳去哪兒！」

「回房啊，吃飽了。」

宋爹皺緊了眉，吩咐身邊的侍衛：「看住小姐。今晚她哪兒都不許去。」

我扭身回房，心道隔壁這麼大的火，宋爹卻連看也不敢出去看一眼，若不是上位者的意思，誰敢對天朝大將軍府動手。

陸海空這次約莫是在劫難逃了吧。

十年了，他終於要早早地去投胎，錯開與我糾纏的幾世情劫。

回房時路過宗祠，我突然想到那日陸海空在我懷中亮著眼、充滿希冀地望著我的模樣，他說我流的口水溼了他的衣袖，哼，渾小子，誰會流那麼多口水……

我撇了撇嘴，腳下卻再也跨不出一步。

不然……我還是去幫他收個屍好了，好歹也鬥智鬥勇了這麼多年不是……

駕輕就熟地騙過蠢侍衛們的眼，我從相府後院翻牆出去，繞了好大一圈，終是繞到將軍府的後門。將軍府中烈焰沖天，但除了火焰燃燒的聲音，只餘一片死寂。

我盯了緊閉的後門許久，心道，我這樣走進去若是與辦完事出來的殺手面對面撞見了，那該多難堪，到時收不了陸海空的屍，還得把自己的命搭進去，不划算。我心思一轉，想起在將軍府東面牆根有個狗洞，那地方隱蔽，就算裡面還有殺手，他們也尋不到那塊去。

只是接受人界的思想教育多年來，我覺得爬狗洞確實是個不大光采的活，是以多年未曾爬過，今日再去，不知這身材還能過不能過？

可當我走到東面牆根下，卻驚訝地發現此時狗洞裡正卡著一個人，正是我要為其收屍的陸海空。他半個身子在牆外，半個身子在牆內，卡得好不尷尬。

我點了點頭，沉吟道：「如此看來，我確實是過不去的。」不過，現在好像不是發表這番感想的時候。

陸海空聽見我的聲音，慢慢地抬起頭來，素來乾淨的臉被血汙了一半，從來澄澈透亮的眼像是被蒙上塵埃一般，灰茫茫的一片。他失神地盯著我，情緒沒有半分波動，如同木偶。

我蹲下身來，在牆內忽明忽暗的火光映襯下，才看見他的右眼像是被什麼東西灼過一般，眼白與眼珠的顏色都分不清了，混濁一片。

他卡在狗洞中，境遇如此尷尬可笑，但我半點笑容也露不出來。

我伸出指尖，卻破天荒地猶豫著不敢觸碰他。「陸海空。」他沒有反應，仍舊呆呆地望著我。我眨了眨眼，不懂心底一抽一抽的壓抑感覺是什麼。我輕輕戳了戳他的額頭。「你還活著？」

「雲祥。」他的聲音虛弱無力，盡是茫然。「我還活著……」不像是回答，更像是在問我。

心底莫名其妙的異樣感越發強烈，我終是忍不住摸上他的腦袋，不輕不重地揉了幾下，感覺到他頭髮中的黏膩。我猜想，他大概是從血泊裡面爬出來的吧。一夕之間家破人亡，對一個十歲的孩子來說實在是太殘酷了。

「你還活著。」我盯著他，看著他左邊的黑眼珠裡慢慢映進我的身影，而他右邊那隻眼，只怕是以後都不能再用了。

他望了我好一會兒才問：「妳是來救我的嗎？」

「我本是來替你收屍的。」他眸光一暗，點了點頭。我又道：「不過，我現在卻是來救你的。」我拽住他的胳膊，問：「卡得緊嗎？」

他彷彿不敢置信一般，呆呆地盯著我，然而他還沒來得及說下一句話，我只覺他的身子往後一縮，像是牆的另一邊有人拽住陸海空的腿將他往回拖一樣。陸海空雙目睜大，驚惶無措地望我，一時竟怕得說不出話來。

我也慌了神，忙緊緊抱住他不鬆手，此時卻聽一牆之隔的人道：「外面還有人在幫他。」

「如此便將這小子的腿砍了，讓他再也跑不了。」

牆內竟還有兩人！他們竟要砍了陸海空的腿！我心頭一顫，突然靈機一動吼道：「爹！您快帶相府的侍衛過來啊！裡面的殺手要砍掉陸海空的腿！」

「是相爺的女兒！」

「那個混天魔王？」

裡面的兩個殺手靜了一會兒。

「撤！」

勝利來得太突然，我沒想到我的名號竟比我爹的名號還要好用，兀自沾沾自喜了一番之後又沉了臉色……殺手都如此懼怕我，在平常百姓眼中，我到底混了個什麼形象出來啊……

沒時間多想，我狠了心將陸海空拔出來，握了他的手便往相府走。

「你先到我那裡去躲一躲。」

陸海空腳步一頓，在瀰漫著煙霧的空氣中靜靜地開口：「雲祥，我不能去相府。」

我愕然。「為什麼？你怕我爹不願意護著你嗎？」

陸海空垂下頭，沒有回答我。他此時明明只是個髒兮兮的小孩，我卻覺得他腦子裡的東西，比我這個加上上輩子一共活了幾百年的祥雲小仙要複雜多了。

他沉默了許久道：「雲祥，我要去塞外，只有去塞外，必須去塞外。」

如此強調，看來他的決心已定。我直覺他一定還隱瞞了很多事，也直覺從這一刻開始，陸海空的人生完全變了，更直覺我選擇的時刻來了——獨自回相府待著，或者追隨陸海空北上塞外。

我仰天長嘆，突然有種窺破天機的感覺。

李天王，原來你是在這裡等著我啊！若我喝了孟婆湯，這一生只做個尋常的相府小姐，若陸海空沒有在地府被耽誤五年，此時只怕是與我一般年紀。兩個訂過婚約的人，情投意合，相府小姐不忍心將軍公子背負著一身仇恨獨自北上，心甘情願地拋棄繁華的生活，追隨將軍公子而去。

小媳婦苦追相公的苦情戲第一幕，居然毫無預兆地上演了！

許是我這副愴然的模樣讓陸海空多想了，他轉過身，獨自一人往小巷的另一邊走去。「雲祥，後會有期。」

聽著一個十歲小孩在他的人生滿目瘡痍後對我說出這麼一句深刻的話，我忍不住心跳漏了一個節拍。我煩躁地抓了抓腦袋，輕聲嘀咕道：「好吧好吧，我認，不改命了，省得回去了又罰別的來讓我彌補。」

但就這樣走了好像又太不孝，於是我撿了根燒黑的木頭，隨隨便便在牆上寫字。

「爹，女兒與君私奔，精神飽滿，身子安好，勿掛。」

寫完，我也不管日後宋爹能否尋到這個偏僻的狗洞上方、看見這句話，扔了焦木頭，拔腿便追上陸海空。

我行至他跟前，彎腰蹲下。「你走得太慢，待會兒殺手們都追來了。上來，我背你。」

身後的人半天沒有動靜，我回過頭，才看見他呆怔地望著我。我奇怪道：「上來啊。」

「雲祥……」

我咧嘴笑了笑說：「少年，我們私奔吧。」

他不動，我也不催，最後他終是伸手抱住我。「謝謝……」

他單薄的身體有些顫抖，我在這時卻忍不住嘴角抽搐一下。「私奔可以，抱也可以，臭小子別趁這時候吃我豆腐啊！你看看你，抱的什麼地方！」

我半蹲著，他站直了，矮我一個頭的陸海空手往前面一環，恰好橫在我發育得軟軟的胸脯上。

他倒沒覺得不好意思，從容不迫地將手挪到我肩上，摟住我的脖子。我也懶得計較，背上他便走。

陸海空彷彿累極了，腦袋搭在我的肩上，迷迷糊糊地呢喃著：「雲祥護著我，以後我定護著雲祥。」

他這句話讓我想起十年前，將軍夫人看著襁褓中的陸海空，眼神像是揉碎的陽光那般溫柔。她說我比陸海空大，現在我護著他，以後他護著我……

我回頭看了一下火焰稍歇的將軍府，恍然明白，以後會用那樣的目光看陸海空的人，再也尋不到了。

神仙生命長久，不懂生離之苦，不明死別之痛，我用神仙的理性來看，這不過是一場普通的輪迴，無須感傷；但於凡人而言，沒了，就是什麼都沒了。

己。

此生盡，便是永生盡，沒人再能完整地複述他的一生，即便是他自己。

我突然覺得事情有點奇怪，我對死亡的淡漠或許是本性使然，但是陸海空的不哭不鬧卻是極為反常的。我扭過頭，看了眼趴在我肩上緊閉著眼的男孩……或許我終其一生，也理解不了陸海空今晚的痛吧。

翌日城門一開，我便帶著陸海空出了城。離開京城半日後，我的大腦總算反應過來昨晚我到底還有哪個地方做得不對了。

「宋……我爹，好似被我坑了的樣子。」我撓了撓頭，對陸海空道：「昨晚急著救你，便把我爹拖下水了，我這樣做，不大好吧。」

比起我後知後覺的愧疚，陸海空表現出萬分驚愕的模樣。「雲祥，妳什麼都不知道，竟敢那樣說！」

「知道什麼？」

陸海空愣然半晌，隨即搖了搖頭，獨剩一隻的眼眸中帶有三分無奈、三分好笑，還有更多我看不懂的東西。他垂下頭啃著饅頭，含糊道：「沒事，宋丞相不會有事的。」

這小子既然說得篤定，我便也安下幾分心。雖然我還是不明白，朝堂上到底發生了什麼……

我和陸海空繼續北上，走了約莫半個月，京城突然有消息傳來，皇帝死了，新帝登基。

出人意料的是，新帝不是太子，而是太子的叔叔，舊皇帝的弟弟，治候王爺。朝堂中的大臣被肅清了一大半，有權有勢的元老們罷免的罷免、歸鄉的歸鄉、猝死的猝死，唯一穩坐官位的人，是我爹，丞相宋勤文。因為在朝堂中，第一個叩拜新帝的，就是我爹，宋勤文。

此時我正與陸海空坐在路邊的小茶攤上歇腳喝茶，旁邊幾個秀才模樣的人一連聲地咳聲嘆氣。

我不懂他們憂國憂民的高尚情懷，但我恍然明白了火燒將軍府那一晚所有奇怪的細節。

陸海空沉默地喝茶，我沉默地梳理著紛亂的思緒。我爹、陸將軍和老皇帝是三個好友，過了這麼些年，我爹和老皇帝的弟弟成了更好的朋友，不再那麼喜歡以前那兩個好友了。老皇帝病了，他弟弟想當皇帝，所以我爹轉而支持老皇帝的弟弟，而陸將軍仍舊力挺老皇帝的血統，支持太子。

所以有了火燒將軍府。

所以陸海空完全不擔心我吼出去的那句話會將宋爹也拖下水，因為滅他家門這件事，根本就是宋爹謀劃的！

我的出現或許在所有人的意料之外，所以那兩個殺手才會如此爽快地離去，他們根本不是怕我，只是想快快回去跟我爹匯報。所以陸海空才一直問我「妳是來救我的嗎」，所以陸海空才會愣然於我什麼都不知道便將我爹連累了。所以第二天我們才能順利地出城門，一路暢通無阻地走到現在，這些只怕也是我爹在背後護著吧。

畢竟再怎麼說我也是他女兒，再怎麼說，他也是看著陸海空自小長大的，再怎麼說……對幾十年的老友下手，他心底終是不安的。故意放陸海空走，約莫只是我爹那文人軟心腸在作怪。

盯著安靜喝茶的陸海空腦袋，我再回頭一想他那晚的所有表現，只餘一聲長長嘆息。

以前的陸海空因為太小所以懵懂，而現在他開始慢慢長大了，變得聰明、變得冷靜，經歷如此變故之後，他只怕會越發深沉吧……

念頭一轉，我在心裡恨得想一根一根拔掉李天王的鬍子。如今的場景若是換一換，應當是這麼一副淒涼的模樣——

相府小姐追隨滿心恨意的將軍公子北上，公子一面愛著相府小姐，一面因相府小姐父親的作為而深深恨著她。愛恨交織間，他對相府小姐應當是種忽遠忽近的態度，相府小姐一直處在虐心的生活之中，但心裡仍舊堅定不移地追隨著公子……

小媳婦苦追相公的第二幕，居然又這樣毫無預兆地上演了！

李天王你還敢再多潑幾盆黑狗血嗎！你家府邸門前是死了遍地的狗嗎！這麼廉價又取之不盡、用之不竭的狗血，你到底是從哪裡得來的！北上塞外到底還編排了多少幕苦情的戲分在等著我！

另外……我如今這樣的心態，還有和陸海空相處的模式，真的能滿足李天王那種特殊的癖好嗎……

「雲祥。」陸海空喝完茶，抬頭望我。「我休息好了。」

我看著他灰茫茫的右眼，伸手摸了摸他的腦袋。「上路吧。」

擔憂也沒用，未來總是要來的。比起我，這個孩子心裡應當有更為深重的惶然吧。他都如此勇敢，我自然不能遜色。

深夜正寒，被窩正暖。

我是被陸海空一腳踹醒的。看著身邊不停掙扎的人，我一聲嘆息。

「又來了……」

逃出京城後，陸海空每次睡覺都不踏實，睡著睡著便像是抽風一般開始胡亂踢人。我將他的腿壓住，等他不再死命地掙扎了才稍稍鬆開手。窗外月色透進客棧的窗戶裡，藉著皎潔的月光，我看見陸海空額頭上一層層的冷汗。

這小屁孩，白天裝得人模狗樣的，晚上就原形畢露了。再要強，也不能把惡夢從腦海裡拔除吧。

為了下半夜能睡好，我將他抱在懷裡，撫摸著他的腦袋，一遍一遍在他耳邊說著催眠曲一樣安慰的話。「沒事了，沒事了。」

翌日清晨我醒來的時候，陸海空已經在我懷裡睜著眼看我了。我打了個哈欠，說：「怎麼不叫我起床？」

他淺淺地回答：「晚上妳睡不好，白天我便想讓妳多睡一會兒。」

我張大的嘴微微一僵，還剩半個哈欠怎麼也打不下去了。這小孩，心裡比誰都清楚通徹。

上大街買早餐，我站在小攤前道：「給我四個包子。」

「好哩，兩文錢。」攤販將白白的包子用油紙包好，遞到我面前。

我掏出錢袋，一打開，我立即便如吞了蛤蟆一樣青了臉，還餘一兩碎銀又三文錢。

我的積蓄啊！我的老本啊！一路北上，白花花的銀子就這樣流走了啊……心肺痛得讓我恨不得將它們挖出來狠狠踩幾腳。

相府那般安逸舒適的生活，我居然就那樣拋棄了？我居然就那樣拋棄了！我恨不得狠狠抽自己兩耳刮子。

小祥子，妳說說妳自己到底是為了什麼！無私奉獻，為愛犧牲，這是妳嗎？學什麼高尚，搞什麼節操，那是妳該觸碰的玩意嗎？是嗎是嗎是嗎！

我在內心世界裡將自己甩來抽去幾百遍，終是在攤販老闆詢問的聲音裡回過神來。

「姑娘，兩文錢。」

一聲嘆息，我不捨地摸出兩文錢，換來了四個白麵包子。

埋下頭，對上陸海空的目光，看見他右眼中的灰霾，心裡再多的後悔氣憤霎時皆化為無奈一笑。我這人，就是心腸太好。

和陸海空一路邊走邊啃包子，我問：「小子，這裡差不多是塞北的地盤了，咱們還要北上到哪裡去？」

面對我茫然的詢問，陸海空又愕然了。「雲祥……妳什麼都不知道就與我走了？」

我下手掐了掐包子，撇了撇嘴道：「嗯，是啊，我就是這麼單純，不懂世事，什麼都不知道真是對不住你了。這一路風光還不錯，回頭將你送到了，我走就是。」

陸海空仍舊是年紀小一些，見我這樣說立時便慌了，急急忙忙地抱住我的手臂，死死地箍在懷裡，緊張地盯住我，嘴唇顫抖著，卻一句話也說不出來。

就像是那一晚，他被尷尬地卡住時的模樣。

在此時的陸海空心中，我不知道我到底是扮演了怎樣的角色，但是我知道，這個孩子心裡並沒有他這一路上表現得那麼鎮定，只要找對了地方，一句話便能擊潰他所有防備與堅強。

我這句調侃的氣話，對他來說還是太重了。

看了他好一會兒，我用另一隻手摸了摸他的腦袋。「騙你的，塞北這麼遠，我一個人回去會害怕。」

他這才稍稍鬆開手，強自壓抑著心頭恐慌對我道：「我沒有嫌棄雲祥，我只是覺得雲祥應當知道的，我……」他不知道該繼續解釋什麼，腦袋一垂，有些投降意味地將臉貼到我身上，伸出手將我緊緊環住，如同抱著救命浮木。「日後，我定陪雲祥一起回家。雲祥就不用怕了。」

二貨小子，從天界到地府再到人間我都沒怕過，還怕這點兒路途？太容易騙了。我在心裡嘀咕，伸手隔開了陸海空的腦袋。「你吃了包子別在我身上亂蹭，一嘴油抹得我滿身都是。塞北天冷，棉衣又貴，咱們上哪兒換去。」

抱住我的兩隻小手微微一僵，他將臉更深地埋在我懷裡。「會的，雲祥會過上衣食無憂的生活，不用再顛沛流離。很快就會的。」

他一說這話，我立時便感傷了……本來，我就是過著那樣的生活的啊！

三天後，我們來到了邊塞最大的城鎮——鹿涼城，這也是邊塞最大的一個軍事要塞。入城之後，我如往常一般正要去尋個客棧住宿，陸海空卻拽著我的手，一路詢問著人，找到了城中的大西都護府。

我忙將他拖住。「你不是要告訴我，跑了這麼遠你是到這邊來自首的吧！朝廷的機構你還能踏進去嗎？不想活了！」

陸海空很無奈。「雲祥，我叔父在這裡。」

原來是來投靠親戚的！且這個親戚來頭還不小，大西都護，獨守一方，整個西北方都是他管的。

日後的生活有著落啦，我欣慰地想著，抬頭挺胸便往大門前走去。陸海空想拉我沒拉住，便急急忙忙地從懷裡掏東西。我站在門前，扠著腰，拿出相府小姐的姿態，道：「哎，叫你們都護出來。」

守門的兩個侍衛只斜斜掃了我一眼，半分沒理會，繼續直挺地站著，像是兩尊不會動的門神。

我挑了挑眉，心道陸海空這叔父還有點本事，將守門的侍衛練得如此不錯。我還要說話，卻被陸海空拉住。他掏出一塊用青布包裹著的東西，將青布扯下，霎時明晃晃的金光閃得我眼疼。只聽陸海空稚氣未退的聲音拿捏著沉穩的氣度道：「天下兵馬大元帥軍令在此，見令如命，我要見你們都護。」

我側頭看陸海空。小子你每天睡覺都捂著胸口，原來是這個原因啊！話說回來……他不告訴我他身上藏著這麼重要的東西，難道是怕我窮瘋了，把這金牌拿去當了……

我不得不說，這孩子年紀輕輕，看人還是有兩把刷子的。

守門的侍衛見到將軍令，面色一變，兩人交換一下眼神，一人疾步跨進府中，另一人抱拳，單膝跪下：「見過將軍。恕卑職怠慢。」

「都護何在？」

「已去通報了。」

我還在琢磨要在這涼風颼颼的門前站多久，只聽府門中傳來疾行的腳步聲，聽這聲音，好似穿著鎧甲。

沒多久，先前進去的侍衛出來了，後面跟著一個穿著鐵灰輕甲衣的男子。他眉目英俊，有幾分陸海空他爹年輕時的模樣，想來這便是陸海空說的叔父吧。

他手中還拿著劍，夾著頭盔，臉上的汗水混著塵土，像是與人比武中途急急趕出來的模樣。

陸海空定定地望著都護府臺階上的輕甲男子，眼神中滿是沉重。我不解，既是來投靠親戚的，看見親人了，為何還不撲上前去好好抱住撒一頓嬌？

空氣靜默了許久，終是由叔父打破了。

「陸海空。」他沉沉一聲喚，是京城公子哥聲音裡沒有的沙啞與成熟，帶著男人應有的血性，讓我耳朵與眉眼皆是一亮……

「叔父。」陸海空只喚了一句便沒了下文。我只覺衣袖一緊，垂頭一看，才見陸海空死死將我衣袖拽住，竟是緊張得動也不敢動一下了。

我仔細一想，我們逃離京城的消息只怕早已傳遍大江南北，朝廷面上不說，背地裡必定在通緝我們兩人，尤其是在塞北這邊，朝廷的人必定能預料到陸海空會北上。

陸海空也一定知道自己的處境，但是他不能不來，因為，這是他唯一能來的地方。

而今他要見的是一個從未見過面的叔父，他對對方一無所知，卻要將自己以後的命運全都依託在這個人身上。

現在若是叔父淡淡說一句「抓起來」，我與他便只有乖乖等著被送回京城的分。

生死全在對方一念之間，陸海空在賭，拿命來賭一線生機。

心裡那股莫名其妙的不舒爽感又冒出來了。

生死抉擇，在夾縫中尋求生機，他用盡了他現在的一切智慧和勇氣來搏一個明天。我握住他握得死緊的拳頭，與他一起沉默地望著臺階上的男子。

「心若海納，目放長空。大哥給你取了個好名字。」叔父哈哈一笑，大步走下臺階，一手將陸海空攬進懷裡，狠狠拍了拍他的背。「好孩子，這一路累壞你了。」

這兩巴掌拍得我心驚，就怕陸海空被他打得吐血。

我埋頭細細打量陸海空的神色，哪兒想他竟是紅了眼，晶亮的淚水在眼裡打轉，就是不肯輕易落下。他幾乎是咬著牙道：「不累，只是爹……爹娘他們……」

叔父摸了摸他的頭道：「我知道。」

陸海空一閉眼，滿眶的淚水終是順著臉頰簌簌落下。

這是出事以來，他第一次在人前落淚。

一時間，我心裡竟然有些失落，並非因為他找到了另一個可以依賴的人，而是因為我突然明白——

原來，在宋爹算計了大將軍一家之後，陸海空再也不能像小時候那般坦誠地對待宋雲祥了。

即便有依賴，有尊敬，甚至有愛慕，但還是有了隔閡。

這個孩子堅強卻脆弱，聰明而極度敏感。

七時吉祥

第三章

陸海空不是白眼狼

當夜，陸海空與他叔父陸嵐在屋裡秉燭談了一整夜。我回房仔仔細細梳洗一番，睡了近些日子以來最踏實的一覺。

後來……便沒什麼後來了。

陸海空的叔父陸嵐第二日便軟禁了朝廷派來的監軍，打出「清君側，除奸逆」的旗號，高調舉旗反對新皇，南方亦有人跟隨。從那時起，陸海空便全身心地投入復仇大業之中，小小的孩子失去笑容，整日沉著臉讀書習武，跟在他叔父身邊跑。

而我則是愛上了鹿涼城中一家名叫蘭香的酒館。賣酒的娘子蘭香是個美麗的寡婦，她有一雙神奇的手，釀的酒比我在天界買的都好喝。當然，可能也是因為那時我銀錢太少，買不到天界好酒的原因……

我不喜都護府裡面緊張戒備的生活，每早一醒便跑到小酒館坐著，喝喝酒，瞅瞅來往的酒客，與蘭香老闆混熟之後偶爾也吃吃她的豆腐。

蘭香常笑我。「若妳是個男兒，早被我當作登徒子打出去了。」

我也總是扼腕道：「早知會遇到蘭香這麼溫軟的女子，當時我便該狠狠心，投個男兒胎的。」

若是投了男兒身，李天王總不能逼著我與初空那傢伙在一起吧……

我心頭一亮，暗自記下這個法子。

我二十歲時，陸海空仍舊心繫報仇，塞北軍的勢力也越來越大，我更加不喜歡待在都護府裡，每日都在外面晃蕩到傍晚才回去。

這日，我同往常一般在日暮西斜之後才回都護府，可剛一走到大門，我便驚了一驚。都護府門前雖沒有擺出什麼多餘的東西，但來往不絕的人提醒我，今天著實是個不一般的日子。

看著進府之人手中提著的禮物，我恍然，原來，今日竟是陸海空十五歲的生辰。我看了看自己空空如也的雙手，撓了撓頭，轉身又往蘭香酒館那方走去。

到酒館的時候，蘭香正準備打烊，見我去而復返，她奇怪道：「怎麼又回來了？」

我本想說裝壺酒讓我帶走，但轉念一想，今日的陸海空怕是沒空與我一起聊天吧。我有些感慨地嘆一聲：「自己養的小孩跟著別人走了，總覺得命運無情得讓我想罵街。」

蘭香沒多問，只淺淺笑道：「人生不如意之事十之八九，要不要進來坐會兒？」

我立即撲在蘭香身上。「還是我的小香香善解人意，親口。」

「德行！天晚了，我給妳泡茶，不准喝酒了啊。」

趁著蘭香進後廚燒水的時間，我從她櫃檯裡偷了一壺酒出來，仰頭便喝下一大口。這壺烈酒辣得我直瞇眼，等蘭香將泡好的茶端出來時，我已軟綿綿地趴在桌上了。

我意識尚還清楚，知道蘭香在氣惱地抽我，但身子不大受自己的控制了。我突然好懷念那個有著幾百年小修為的仙人身體，千杯不醉的體質多麼好用。

我不知自己在桌上迷迷糊糊地趴了多久，忽聽耳邊一聲驚惶與顫抖並存的呼喊乍起。

「雲祥！」

費力地撐開一隻眼，我看見陸海空撞開酒館大門，疾步向我走來。

「咦？」我恍惚地坐直身子。「臭小子尋來了啊。」

陸海空如今長得比我高出半個頭，他走到我身邊，蹲下身來，根本不管我說什麼，只拽著我的手握了好一會兒，才平復情緒，輕聲道：「今日我本來只告訴了叔父，我沒想到那些人也會來。我知妳不喜人多，府中侍衛說妳一直沒回來，守門的侍衛卻說妳回來過又走了，我以為妳生氣了……」

他年紀雖小，但有時候處理起事情來並不比他叔父遜色，可今天就這麼幾句解釋的話，他卻說得顛三倒四、毫無邏輯。我咯咯地笑了起來，擺了擺手道：「緊張什麼，我現在可不會揍你。」

陸海空望了我一會兒，輕笑道：「雲祥從沒對我動過粗。」

那是我陰你的時候你都不記得罷了。我不再繼續與他探討這個話題，用手在荷包裡摸了摸，實在沒摸出什麼像樣的東西。我一惱，拈了兩塊碎銀子出來。「喏，生辰快樂。別的，我真不知道送什麼了。」

陸海空怔怔地望著這兩塊碎銀，眨著眼問我：「送我的禮物？」

我立即戒備地捂住荷包。「就這兩塊，多的沒了。」

他愣了好一會兒，哭笑不得地接過兩塊碎銀，帶著些許可憐意味地說：「雲祥，妳可吝嗇了。」說完卻乖乖地將兩塊碎銀貼著心口放起來。

我腦袋往他肩頭上一搭。「禮尚往來，你背我回去吧，不想走路了。好累。」

陸海空自然不會拒絕，乖乖答了聲「好」，便將我背起來。出門之時，我忽然想起一件事，衝店裡呆呆的蘭香道：「小香香，要錢去大西都護府。那裡有大款。」

出了酒館，我才知道原來陸海空竟是自己一個人來的，以他如今的身分，一個人在天黑時出行實在太危險。我的腦袋無力地搭在他的肩頭，隨著他走動的弧度一抖一抖，我說：「你得先保護好自己，才能做別的事。」

「我還得護好妳。」陸海空帶著幾分驕傲道：「我現在定能將妳護得好好的。」

我沒再說話，一路上只有陸海空的腳步聲踏得沉穩。走了半晌，陸海空又問：「雲祥今日為何……喝如此多的酒？可是不高興了？」

「酒好喝，沒有不高興。」我有問有答，老實交代道：「我這是在感慨人生，時光荏苒，歲月滄桑。」

陸海空腳步一頓。我在他肩頭蹭了蹭，找了個舒服的姿勢準備睡去。「我想以前的日子了。」天界那般全然舒心逍遙的日子，難怪令凡人豔羨啊。

陸海空聽了這話，半天沒動，等我都快要開始作夢了，才模糊聽到一句——

「對不起，雲祥。」

也不知到底是我在作夢，還是真的有人在那裡愧疚感傷。

陸海空生日之後，天朝的空氣中突然有了點兒劍拔弩張的意味，朝廷終於無法對日益擴張的塞北軍視而不見了，據說皇帝開始整軍，準備北伐。宋爹作為丞相，監守京城。

陸海空整日整夜忙得不見人影。

我說不清楚陸海空對我是怎麼個看法，也不知道自己是怎麼看陸海空的。在我眼裡，他始終不像是一個真實存在的人，他只是仙人初空在人間一次短暫的停留，等下一碗孟婆湯喝過，陸海空這個人便再也不復存在了。

我每天更長時間地待在蘭香酒館裡，總是喝到半醉才迷迷糊糊地回去睡覺。

塞北下了第一場雪的那天，我如往常一般去了酒館。奇怪的是，這天蘭香說什麼也不給我酒喝。我很不高興，將兜裡的碎銀子全都拍在桌上。「我有錢！妳瞅我有錢！給酒！」

蘭香只道：「要酒，自己去酒窖裡面取。」

我毫不猶豫地站起身來，揣回銀子，扭身便進了酒館的後院，逕自往地下的酒窖走去。可剛一踏入酒窖，一隻寬大的手掌就捂住我的嘴。一個男人粗啞的聲音在耳邊響起——

「不許出聲。」

他這警告說得就像是我已經出聲一樣。我眨著眼，表示我會很配合。見我態度確實端正，男子鬆開手，一撩袍子竟給我跪了下去。他垂著頭，恭敬道：「大小姐，請恕屬下無禮。」

聽見這個久違的稱呼，我明瞭，原來是宋爹派來的人。

黑衣男子的身後還站著一個青衣書生，塞北大冷的天，他還在手裡捏著一把騷包極的折扇。

我不屑，嘶嘴道：「哦，原來是你們哪，青山子和黑武。別來無恙。」

這對一文一武的朋友一直投在宋爹門下，做了許多年的食客。黑武負責替宋爹辦實事，青山子則心黑地替宋爹出謀劃策、剷除政敵，說不準五年前滅陸海空一家時，他也出了不少力。

今日這兩人皆到了塞北，想來是我爹鐵了心要將我帶回去。果然，青山子搖著折扇笑道：「大小姐還記得我二人，實在是榮幸。今日我二人前來，其實是為相爺帶話的。」

我堵了耳朵轉身就走。「別說了，我不聽。」

黑武從地上「噌」的起來，緊緊扣住我的肩。青山子笑道：「相爺說，在外玩夠了，該回家了，皇上已為您指了婚，是三皇子。」

即便我再不願意聽，這些話仍舊是鑽進耳朵裡。我不敢置信地瞪大眼。「篡位的治候王爺那第三個兒子居然活到了現在？他不是傻子嗎！我爹竟要我嫁給他？而且，我與陸海空不是訂過婚嗎……」我搖頭。「我爹……他不愛我了。」

黑武扣住我肩膀的手一緊。「小姐，謹言慎行。」

青山子嘆息道：「小姐離開已久，不知相爺的處境。因小姐出走，相爺已被皇上質疑過許多次，而今戰事將起，皇上唯有將監守京城的權力放在相爺手上，但因為小姐……當今皇上多疑，若是此刻稍有偏差，相府的下場，不會比將軍府好。小姐為人子女，還請多考慮考慮相爺的立場。此時回京與三皇子成親……」

「得了，別說了。」我有些煩躁地抓了抓頭髮。「你容我再想幾天。」

黑武性急，立時皺了眉道：「我們沒時間耽擱。」

我心下正煩著，聽得這話登時便惱了。「你今日若是強綁了我回去，我日後便與我爹說你將我強暴了，你日日凌虐我、施辱於我。只要我清醒一日，我便讓你一日不得安寧！」

黑武的臉立馬青了，想來我當年「混天魔王」的稱號也不是白得的。

青山子笑呵呵道：「小姐莫惱，我二人絕無強迫小姐的意思，望小姐深思熟慮，仔細權衡利弊。不論如何，相爺都仍舊是養您護您的父親啊。」

這句話說到我的軟肋上了。宋爹雖然在外做了很多對不起別人的事，卻是從來沒有虧待過我的。

我抿了抿脣，不耐煩道：「三日後，若我願隨你們回去，自會去南城門那方等你們。若我那天沒去那兒，你們便也別等了，直接回去和我爹說我不孝吧。」
黑武還要說話，卻被青山子按住。青山子笑道：「三日後，我二人在南城門靜候小姐。」
我轉身出了酒窖，在酒窖外看見面帶些許愧疚的蘭香。我道：「妳不過是替我爹看著我，也是替我爹瞞著我，這些年妳確實也照顧了我不少，沒什麼好愧疚的。」
我早早回了都護府，守門的侍衛都有些驚訝。我說要見陸海空，守門的侍衛更驚訝了，畢竟我鮮少有主動去找誰的時候。但即便驚訝，他們也沒有隨意開口告訴我陸海空在哪兒。我本道是那孩子又在做什麼機密的事，可走到大廳，卻驀然聽見陸嵐一聲爽朗的哈哈大笑。
「海空，你看我那義女能文能武，與你倒是配還是不配？與那相爺女兒比起來，是差還是不差？」
陸嵐問這話的時候，那個「義女」自然是不在這裡的。他們兩人對話專心，誰也沒看見我，我便直挺挺地站在廳外，垂眼看著地磚，等了半天也沒等到陸海空一個答案。
心底湧出一股不明的情緒，拖住了我本想撤身離開的雙腳。

我一噘嘴，冷哼一聲，逕直越過門，跨入大廳之內。「哦，兩個女人最不好比較出好壞了，你們不妨將那『義女』拖出來與我擺在一起，大大方方地比個高下可好？」

陸海空一驚，大驚失色地轉過頭來。「雲祥……」

我想到他剛才那一番沉默便是一通血氣上湧，想打他，但是看見他灰濛濛的右眼，我又怎麼都捨不得動手，只狠狠地跺了地板幾腳，怒道：「閉嘴！你竟敢默認我比別的女人差！」我氣得大吼：「白眼狼離我遠點兒！別讓我再看見你！」

陸海空臉上的血色便在這一瞬消失殆盡。

我立即意識到這是一句傷人的話，果斷捂住嘴，但傷害已成。看著陸海空慘白的臉色和他隱忍著委屈的眼神，我心裡的感情不知交織出什麼樣的滋味，扯得胃一陣難受地抽搐。但這樣的情況我又拉不下臉皮來道歉，只是狠狠抽了自己兩耳刮子，而後抓著頭髮氣惱地跑出去。

頭一次覺得睡覺這回事原來如此艱難。

我在床榻上輾轉反側、滾來滾去，腦海裡怎麼也甩不掉陸海空那瞬間蒼白的臉色。我坐起身來，狠狠地捂住臉嘆息。初空那傢伙怎麼投了個這樣的胎，他明明是個傲嬌又臭屁的死男人啊！怎麼會變成這個樣子……

只要陸海空將我惹火一次，哪怕只有一次，我不就能狠下心幹掉他了嗎！為什麼！為什麼……擺出那樣的表情，委屈得幾乎讓我愧疚。

我又是一聲長嘆，正茫然之際，忽然看見一個黑影在我房門前一晃。我一挑眉，猜想著是不是青山子他們不要命地找過來了，但是聽見門口傳來的喃喃自語聲，我心頭居然不由自主地一緊。

是陸海空，在那樣委屈之後，他又屁顛屁顛地跑來找我了，真是……讓人完全沒法感到討厭。

他一直在門口徘徊，不敲門也不進來。倒是我等得著急，走到門後，隔著門卻聽見他在外面呢喃自語。

「雲祥，對不起。我不是默認，我只是在想怎麼拒絕叔父，怎麼和他開口提……提……雲祥，對不起。我不是默認……」

他的話來來回回唸叨了幾遍，又繞回了這句，我聽得抓心撓肝地著急，一把拉開門，對陸海空道：「你到底要對你叔父提什麼！」

突然打開的門將陸海空嚇得不輕，他呆呆地盯了我一會兒，臉慢慢紅了起來，沒一會兒又白了下去。

我哪裡猜得透他曲折的心思，只深吸一口氣，剛想和他道歉，他卻忽然捏住我的衣袖，輕聲道：「雲祥，我不是白眼狼。我知道我的右眼不好看，但……妳別嫌棄它，也別嫌棄我。」

再複雜的情緒，再多的言語都被他這一句話打散。

他在門外徘徊了這麼久、準備了這麼多，看見我時，脫口而出的卻是這麼一句話，可見眼上的傷，他雖不說，但仍舊成了他的死穴。我也明瞭我那句氣話到底帶給他多大的打擊，更知道他原來這麼害怕我看不起他。

一時間，我望著他竟不知道該用什麼樣的表情。

十五歲的陸海空已長得比我高了，我頭一次這麼認真地觀察他的眼睛。月光映著庭院裡的雪，在他黑色眼瞳中投下一片晶亮。這個孩子是真真存在的，不是作為初空生命中一個轉瞬即逝的片段，而是作為一個人真實地活著。

我清楚地明白宋雲祥這一生只如虛幻泡影，也活得隨意，但於陸海空而言，這卻是他的一生，唯一的一生。

許是今夜太涼，我竟受了蠱惑一般跨出門檻，一把將陸海空抱住。雙手環住他的背，緊緊抱住。

陸海空的身子驀地一僵，隨後越來越僵。「雲雲雲雲雲……祥？」

「對不起。」我道：「那只是一時口不擇言的氣話，對不起。我沒有嫌棄你，你別難過。」

陸海空呆了呆，身子軟了下來。他遲疑了一會兒，也把手放在我背上，鬆鬆地摟住，像是怕抱緊了就會得罪我一樣。我聽得他在我耳邊一聲嘆息。「雲祥，那時我不是默認，我只是在想怎麼拒絕叔父，怎麼和他開口提……提……提娶妳的事。」

我雙眼一凸，呆住了。

「前些年是沒辦法，而今時機已成，雲祥也耽誤不得了，正巧大軍南下之前還有空閒的時間，所以……所以我便想著將婚事辦了……方才我已說通了叔父，雲祥，妳答應嗎？」

我想像不出，若是我此時告訴他「我要回京城幫我爹，我要去嫁給三皇子」這話，他會是怎樣一副神色。我推開陸海空，撓了撓頭道：「你先別急，我琢磨琢磨。」

陸海空拽著我的衣袖沒放手。「我知道雲祥陪我來塞北丟下了很多東西，妳到這邊之後也受了很多委屈，可無論如何妳都一直陪在我身邊，我知道雲祥對我好，我不想辜負妳……」

我揉了揉額頭。要說來塞北後受的委屈，我還真沒什麼切身體會，一來我成日混在蘭香酒館，閒言碎語也聽不到；二來，我一個相爺之女能在「叛軍首府」裡安然無恙地度過五年，想來是陸海空幫了我不少，他受的委屈也一定比我多許多。

按說，現在於情於理我似乎都該先答應陸海空，但偏偏今日下午青山子給我帶來那一條消息。這一生我雖過得沒什麼代入感，但好歹孝道還是得守一守的。

我想了半天，終於想到一個藉口。「陸海空，你說我對你好，你不想負我，可你愛我嗎？」問完這話，我自己先打了個寒顫。我按捺住肉麻的情緒，繼續問：「你敬我、尊我，但我要的不是這些，這並不是男女之愛、夫妻之情。你……還是再想想吧。」

陸海空怔了怔，彷彿沒想到我會說出這麼一番話來。他想了想，道：「我不懂那些，但是，這輩子我是不會再娶別人的，雲祥，要再想想的人，是妳吧。」

他沒有再逼迫我解釋什麼，只笑了笑道：「雲祥若願意了，來和我說一聲便是。妳若想再緩緩，我們就緩緩。雪夜寒涼，雲祥注意保暖，我先回去了。」

看著他的身影消失在庭院中，我立在門口狠狠捂住了臉。渾小子要不要笑得這麼好看啊！你也不要用一副成熟大人的表情來應對這個問題啊！你弄得我像是一個鬧脾氣的小孩，讓我很尷尬好嗎！

三日後，我在房間的桌上留書一封。

「進山打獵，歸期未定，陸海空你決定好了要打仗就打吧，別等我回來成親了。」

最後，我還是決定獨自去南城門，跟著青山子他們回京。因為我知道現在的陸海空離了我也能好好地活下去，而京城有已經年邁的宋爹，有我許久未見的侍女翠碧，還有很多人。他們不該在所謂的政治鬥爭中死去，像五年前的將軍府眾人一樣，被一把火燒得屍骨無存。

若我回去能起到那麼點兒作用，我便應該回去。

回京的路比來時快了許多。

這一路上，劍拔弩張的警戒意味充斥各地的每個角落，百姓臉上皆有惶惶之色。原來不知不覺中，局勢已經如此緊張了。在塞北我把自己隔絕得太好，陸海空也將我護得太緊。

離開五天後，我們行至塞北軍的勢力邊緣，再過一座城，便算是進入朝廷的控制範圍。青山子把我易容成一個老太太的模樣，他與黑武扮作我的兒子，做的是兒子送娘回鄉的戲碼。我雖然對老母親這個身分很有異議，但想了想自己幾百歲的高齡，被叫聲娘親應該也不算是什麼大事，便也勉勉強強地答應了。

路過最後一個城門，官兵正在進行例行的檢查，突然一個騎著高頭大馬的青領軍士自街的另一頭過來，踢踏的馬蹄聲混著他的高聲呼喝——

「急令！扣住所有年輕女子！不准放出城！」

他一遍遍地高呼，守城的士兵立即用紅纓槍擋住所有百姓的去路，道：「年輕女子皆不許出城！」

青領軍士騎馬奔至城門口，吁馬停下，自懷中掏出一張畫像順手貼在告示板上。「與畫像中人面容三分相像者，不分男女老少全部給我帶回府衙！」

身後的黑武與青山子立即緊張起來。青山子低聲道：「小姐，頭埋低。」

我卻在琢磨一個深刻的問題。「三分像是有多像？」

我聽得身後的二人莫名嘆息，我不明白他們在嘆些什麼，抬頭遙遙望了一眼告示上的畫像，霎時便呆住了。哪個畫師能把我畫得如此像我？

在塞北，除了陸海空，誰還那麼仔細地觀察過我。

我心緒有點複雜，將身體佝僂下來，倒真有幾分蒼老的模樣。

年輕女子皆被扣下來，士兵們一個一個地檢查著放人。青山子走在我右邊攙扶著我，黑武走在後方一步。

經過士兵身邊，青山子在我身邊裝模作樣地輕聲喚道：「娘，不過是官兵在查人罷了，沒事。」

我懶得理他，只埋著頭往前走，眼瞅著便要踏出城門。忽然，青領軍士猛地攔到我面前。「老人家，且將頭抬高一點兒。」

聽聞這話之後，我竟有些猶豫起來。若是在此地被逮了回去，我和陸海空……

哪兒想我心頭的念頭還沒閃完，身後的黑武突然拽起我的手，我茫然地看向他，黑武道了一聲「得罪」，立即便用孔武有力的手臂將我生生扛到肩頭。青山子也在這時從腰間抽出一柄軟劍，二話不說直直刺向青領軍士坐騎的雙眼。

馬兒撅蹄，在牠的慘聲嘶鳴中，黑武大喝一聲「跑」，兩人腳下輕功施展，踩著前方人的肩膀便飛出去老遠。

我趴在黑武肩頭，看著亂作一團的城門口，不知為何，突然想到了那日我投胎時，奈何橋前的雞飛狗跳。只是今日，沒有少年怨毒的眼神將我死死盯著，我忽然欠虐地覺得心頭一陣空虛。

回了朝廷的地盤，青山子與黑武兩人行事便大方許多，買馬走官道，速度更快了不少，不日便回到京城。

久違的京城。一入京，青山子與黑武便推說有事，讓我自己回相府。我心裡覺得奇怪，他們就不怕我跑了？但轉念一想，都到京城了，我也跑不到哪裡去，便乖乖地自己回了相府。

相府對門的將軍府殘跡已被清理乾淨，於天朝的歷史而言，昔日大將軍府只成了史書上一筆可有可無的記載。

相府守門的侍衛還是以前那幾個，看見我，他們皆嚇得不輕。

「小……姐回來了？」

我點頭道：「回來了。」

一個侍衛腿一軟，忙不迭地跑進去。回府第一個要見的人自然是宋爹，但與我所想的不同的是，我並沒有在大廳看到暴跳如雷的宋爹，而是在他的臥房看見了一個纏綿病榻、骨瘦如柴的老人。

我有些不敢喚他，不敢相信歲月真的會把一個人折磨成如此模樣。

宋爹躺在床上，迷迷糊糊地看了我一眼。他閉眼歇了好久，又是一聲嘆息，眼角微有溼意。「走了……走了，便不該回來。」

我原身是朵祥雲，天生天養，無父無母，不懂父愛如山到底是怎麼個感受，但此時此刻，我覺得，這個老人即便在外是個十惡不赦的惡徒，我也應該好好對待他。因為在我面前，他只是一個孤獨的父親。

「爹。」我道：「女兒不孝。三皇子，我肯嫁。」

宋爹脣角有些顫抖，又沉默了很久，才掙扎著坐起身，嚴厲道：「誰將妳接回來的！妳爹我再不濟，也不至於要賣女求生！」

我一愣，有些搞不清狀況。「不是你讓青山子和黑武將我接回來的嗎？」

宋爹目光一散，驀地苦笑出聲：「那兩人，早在前年便被當今皇上誅殺了。去接妳的那二人，只怕是禁軍易容的吧……」宋爹搖了搖頭。「當年那般千方百計地送妳與海空去塞北……如今卻還是把妳牽扯進來了。雲祥，爹對不住妳，對不住妳娘，對不住陸兄與海空，更對不住先皇。」

千方百計地送我和陸海空去塞北？

我心底仔細一想，才恍然發現火燒將軍府那晚後的所有事情都透露著詭異氣息。那兩個黑衣人走後，相府再沒傳出任何消息；將軍令如此重要的東西不見了，朝廷竟沒第一時間派人來追；我和陸海空那一路走得幾乎龜速，但沒有一個追兵趕上來；塞北軍陸嵐公然宣布造反，朝廷居然隔了五年時間才騰出手來去收拾……

這期間，宋爹與當今皇帝進行了多少明爭暗鬥我不知曉，但看宋爹如今的模樣，我知道這個不過四十來歲的男人已經耗盡心血。

我拍了拍他乾枯的手背。「爹，沒事，我沒那麼脆弱。」

翌日，宮中傳來一道聖旨，訂了我與那三皇子的婚期，又道宮中禮儀繁雜，要我即日起便入宮學習，直至成親那日。

皇帝的意圖很明顯，只要他將我囚在宮中，便不用害怕他出征後，宋爹在他後院點火。因為一旦京城有變，我必定是第一個死掉的炮灰，所謂質子便是如此。

傳旨的太監走後，我去宋爹的臥房與他道別。

他緊緊盯著那道聖旨，眸色深沉。我蹲在他床邊輕聲道：「爹，只要您還在，皇帝便不會對我怎樣，所以您一定要好好保重身子，長命百歲，氣死皇帝。」

宋爹一聲嘆，抬起枯槁的手，輕輕放到我的頭上，如同小時候那般摸了摸我。「我們雲祥，也長大了。」

我靜靜陪了宋爹一會兒，直到他再也撐不住，疲憊地睡過去，我才出了府門，坐進大紅轎子裡，搖搖晃晃地入了宮。

我沒見到皇帝，管事的太監將我安置在後宮中一處廢置的宮殿裡，隔壁約莫是冷宮，每到半夜便能聽到女人的嗚咽聲。我覺得她哭得挺好聽，像是在唱曲，每夜倒是睡得十分香甜。

宮中的日子寂寞如雪，但也過得快，一如我在月老殿門前守門的時候。只是那時的我只知空想一下永遠買不起的美酒，感嘆一下月老的摳門，而現在卻會在偶爾放空時，腦海裡想起那個雪夜中，陸海空對我說「娶妳」二字時臉紅的模樣。

出嫁的日子快要到了，在我宮殿門口巡邏的侍衛也漸漸多了起來。晚上再也聽不到女人嗚咽的聲音了，只有侍衛們走來走去的沉重腳步聲，比在塞北的都護府更讓我壓抑。

又是一個雪夜，我睡不著，索性披了衣裳起身，走到窗邊，推開窗戶，正巧瞅見外面一個黑衣人身形輕靈地打暈了在我門外看守的侍衛。我眨著眼，覺得這人的身影熟悉到讓我不敢置信。

「喂……」

我剛一張嘴，黑衣人便身影一動閃至窗邊。他從窗戶外探進手來，逕直捂上我的嘴。「禁聲。」

他臉上蒙著黑布，發出來的聲音悶悶的，但好歹也一起生活過十幾年，我還不至於認不出他來。

他側耳聽了一會兒，隨後一把拉下蒙面巾，雙眸映著雪的光亮。「雲祥，是我。」

我拍了拍他的手，示意他放開，然後道：「嗯，看出來了。」陸海空竟不要命到這個地步，他一個叛軍首領到底是怎麼無聲無息地潛入皇宮內院的？我不由得伸出手，捏了捏他的臉，狠狠用力，將他臉皮掐紅一塊。

他歪著嘴發出疼痛的「嘶嘶」聲，但沒有拉開我的手，只委屈道：「雲祥，疼。」

「陸海空。」我望了他好一會兒，道：「你不要命了？」

他也直直地盯著我。「要，可我也要妳。」

明明是這麼猥瑣的一句話，可此時從他嘴裡說出來，我愣是沒有聽出半分猥瑣的意味，就像是一個小孩賭咒發誓他要認真讀書一樣正經。

我沉默。陸海空道：「我不是沒有理性，也不是沒人勸阻……」他頓了頓，像是想起什麼可怕的事，眼眸微微往下。「只是，聽聞妳被人綁走……」

「沒人綁我。」我打斷他的話，冷漠而清晰地道：「我給你留了書，是我自己願意回來的。」

陸海空不看我，自顧自地說道：「己城軍士告訴我，妳被人扛在肩上蠻橫地帶走……」

見他這樣的神色，我的心一時竟有些酸軟，深深吸了一口寒涼的空氣，我道：「陸海空，我給你留了書，你知道，是我自己願意回來的。」

他唇角顫抖了幾次，像是要反駁我，要為我，也為他自己掩飾。但最終，他仍舊沉默了。他彎起唇，眼中卻沒有笑意。「雲祥，妳別總是這麼老實。」

「你回去吧，護好自己。」

「為何？」他站在窗外，垂頭盯著地面。「十五年相識，五年生死相伴……雲祥，我知妳必有緣由。」

我該怎麼告訴他？宋爹當年謀害了陸將軍一家是為了自保？我背棄他回京是為了我爹，他的殺父仇人？塞北五年相伴，我與他絕口不提過去，因為就這一世而言，我的血緣與他的仇恨才是我們之間最致命的結。

我也彎脣笑了，做出一副苦情小媳婦的模樣。「陸海空，你對我，沒有男女之情。」

陸海空一怔，面色慢慢青了起來，他近乎咬牙切齒地道：「宋雲祥，事到如今，妳還是不願打開自己，妳還是不願信我！」

遠處隱隱傳來大內禁軍疾行而來的腳步聲，我心底一緊，卻咬緊牙，愣是不催促陸海空走。陸海空望了我好一會兒，像是失望極的模樣，終是一扭頭，提氣縱身，施展輕功，消失在茫茫夜色中。

他剛走一步，禁軍隨後便到。看見前殿裡橫七豎八躺著的侍衛，禁軍首領對站在窗戶裡的我道：「賊子在何方？」

「賊子？」我打了個哈欠。「沒看見。」

「何以侍衛盡數被打暈？」

我眉一挑，橫道：「方才睡覺放了個屁，響了一點兒。」

禁軍首領蹙了眉，勉強躬了個身道：「宋小姐冒犯，卑職奉命搜尋刺客。」他說完這句，看也不看我，對身後的禁衛一揮手。「搜！」

眾人便踢開我的房門，在這臥寢之中一陣亂翻。

我冷眼看著他們最後一無所獲地離開。

關上門，我整理好被翻亂的床鋪，重新躺在上面，腦子裡翻來覆去都是陸海空臨去時的那句話。打開自己？相信他？這小屁孩長大了就會說一些完全聽不懂的屁話！

我將被子抱住狠狠捶了幾拳。小媳婦苦情的模樣終於出現了！我幾乎能想像到李天王那張抖著大鬍子淫笑的面龐。心頭呼嘯而過的羊駝踩碎了李天王的臉，我一邊捶被子一邊在心裡大叫：你這傢伙看夠了吧看夠了吧看夠了吧！

不管接下來的幾天我心裡有多麼糾結，最終成親那日還是來了。

鮮紅的轎子在宮殿門口等我，侍女替我化上了我從未化過的濃妝，又替我穿戴上鳳冠霞帔。我穿上了這一生最隆重的衣裳，要去嫁給一個我連面都沒有見過的男人，據說那男人腦子還有點問題……

三皇子是當今皇帝活著的兒子裡面最大的一個，雖然他生了病，但作為皇家儀式，排場還是要有的。我的夫君將在宮門處迎接我，他騎著高頭大馬，我坐著八抬大轎，我們要繞過半個京城，登上祭天臺，告天地、祭宗祖。

坐在轎子裡的我，蓋著悶人的紅蓋頭，聽著轎外踢踏的馬蹄聲，心裡突然有種莫名其妙的堵塞感。

從這一生初始，我便知道自己肯定會有這麼一天，可我卻一直以為走在轎外的人會是陸海空。我也一直懷著叛逆的心理對此十分不滿，但現在，我對現況更不滿。

真想……伸一隻腳出去把那個男人從馬背上踢下去啊。

最終，我還是克制住這個衝動，直至紅轎停下，轎簾被掀開，然後一雙男人的手伸到我的紅蓋頭之下。看著這雙細白的手，我忽然想到那天夜裡，陸海空跑到我窗前，伸手探過窗戶捂住我的嘴時，他滿手冰涼，掌心有粗糙的觸感。那個孩子，生得與皇子一樣尊貴，可是卻吃了太多的苦。

我按捺住心頭翻湧的情緒，握住他的手。

紅蓋頭擋住我的視線，我只能看見自己腳下這一寸之地。身旁的男子拽著我，一個勁地問：「娘子貴姓啊，哦，娘子姓宋，宋家丞相的閨女。娘子芳齡啊，哦，娘子年紀有點大了，都二十了。娘子想成親不？哦，這個問題不該問的，嘿嘿。」

我覺得他腦子果然不大好使。
「階梯！」走了幾步，三皇子突然道：「階梯要怎麼上？哦，階梯要一步一步上，上面是祭天臺，得嚴肅。」
我撇了撇嘴，任由他牽著我慢慢往上走，踏上最後一步階梯，他牽著我往前行了三步。「要做什麼呢？哦，拜天地、拜宗祖、拜父母。」
我全然不想搭理他，只如同一具屍首一般跟他行動。
「哎呀，丞相怎麼不在？哦，宋丞相昨晚病逝家中了。」
我心底猛地大寒，不管不顧一把扯下紅蓋頭，也不管這是什麼場合，一把拽住三皇子的衣襟，厲聲問他：「你說什麼！」
三皇子的目光在我臉上一掃而過，可我卻忽略不了他眼底的幸災樂禍。皇家勾心鬥角，哪兒能由傻子活到現在。可現在這些事都與我無關了，我只怒紅了眼，狠狠瞪著三皇子，一字一句道：「你說什麼？」
「說什麼？哦，宋勤文丞相病逝了，相府小姐日後沒有靠山了。」
我身子一軟，鬆開了手。不久前我還握過宋爹的手，他還疼愛地摸過我的頭。原來人世滄桑，生離死別真的太容易。恍惚間，我彷彿明白了醉酒的月老常在嘴邊唸叨的那句話——

凡人無奈，神仙薄涼。

耳邊所有的嘈雜、混亂，包括眼前的人都消失了一般，我孤零零地站了一會兒，抬頭仰望蒼天，咬牙切齒道：「你大爺的！」

忽然有人大力拽住我的手臂，將我的雙手反擰至背後。我疼得不由自主地彎下腰去，耳邊的聲音這才漸漸清晰起來，是禁軍的人在我耳邊大喝著。

「大膽！竟敢行刺三皇子！」

我抬頭粗略一掃，數名禁衛已將三皇子護著往後退。三皇子摸著脖子，一臉被嚇呆了的模樣。我恨得咬緊牙關，但心中更多的是無奈。想我堂堂祥雲仙子，今日竟被幾個凡人欺負了，這感覺實在過於糟糕。

可下一個瞬間，不知從哪方傳來了嘈雜的聲音，我還沒弄清狀況，身後扣住我手臂的兩個禁衛倏地「撲通」兩聲栽倒在地。我一愣，有一隻手臂緊緊地摟住我的腰。

來人手起刀落間，四周的禁衛便全倒了下去。

我愣然，在他稍稍停頓下來之時，狠狠推開他。我怒道：「你是不是傻啊！這是你該來的地方嗎！」

陸海空被我推得微微往後退了一步，站穩身子，抬起頭來，紅著一雙眼瞪著我道：「我就是傻！」

他在塞北軍中學到了不少罵人的話，偶爾路過訓練場還能聽著他粗著嗓子罵士兵的聲音，但他對我從來都是百依百順的，連大聲說話也不曾有過。

今日，他是急了。

祭天臺下，不知從哪裡竄出來許多黑衣人，與下方的禁衛戰作一團。祭天臺上，禁衛本就不多，被陸海空砍了幾個，其餘人皆緊緊圍在三皇子周圍，也不輕易攻過來，我與陸海空便在這天朝的祭天臺上破口大罵起來。

「我不要你救，給我滾！」

「我偏要救！」陸海空大聲道：「不要找那些狗屁藉口！什麼男女之愛、夫妻之情，我不懂又如何，我只知道妳今日若真是心甘情願嫁給他，我大可立即轉身就走。妳若今後能過得快樂安寧，我斷不會再說一句廢話！可妳會嗎！宋雲祥，妳敢和我保證，妳以後每天都能開開心心地活下去嗎！妳若可以……」

他聲音一頓，手摸上了我的臉頰。他的指腹帶著不屬於這個年紀的粗糙，是他辛苦生活的證明。

陸海空啞了嗓子。「妳若可以，妳還哭什麼？」

「我……怎麼知道自己在哭什麼。」我想了好久，心裡飄過無數話語，辯解的、刁蠻的、耍渾抵賴的，但所有話到嘴邊都生生變成一句顫抖著的「爹去了」。

陸海空怔了怔，把手放在我的頭上，有些不習慣地摸了摸，安慰我道：「莫哭。」他話音一落，臉色倏地一沉。「雲祥，我們回去再細說。」

我還在怔神，陸海空卻不由分說地一把攬住我的腰，提氣縱身飛速往祭天臺下而去。他將手指放在嘴裡，響亮的口哨吹出，數百名黑衣人皆欲從纏鬥中抽身退出。

但奇怪的是，禁衛越來越多。我心裡這才覺得蹊蹺。

若說宋爹去了，皇帝不知有多高興，我與三皇子結親也沒用了，他大可立即昭告天下，命我守孝三年；但皇帝偏偏將消息壓下來，仍舊辦了這場婚事，既然辦了，便肯定有他非辦不可的理由。

如今看來，皇帝約莫是猜到陸海空會來；而陸海空不會不知道他一旦出現，就會有多大的危險……

我抱著陸海空的脖子，看了看這個少年郎日益堅毅的側臉，突然有點不甘地想，憑什麼這只能是一世情劫？

忽然眼角餘光中有一點兒晶亮閃過，我轉頭一看，是祭天臺上的三皇子推開周圍的人，站了出來。

我對陸海空道：「這樣抱著，我有些喘不過氣啊，陸海空，你背我吧。」

陸海空手臂微微一用力，我只覺眼睛一花，一下子便好好地趴在他的背上。我驚嘆：「這是什麼功夫！」我咳了咳，又清了清嗓子道：「搬東西多方便啊。」

陸海空輕聲道：「雲祥，出城再說。」

我點頭應了。「好。」腦袋有些無力地搭在他的肩頭，我突然想到陸海空小時候有一次在相府玩累了，央我背他回家時的場景。

那時本來我是想將他扔在那裡不管的，可是他哭得委實可憐，我便不情願地背他回去。彼時夕陽斜下，相府到將軍府不過幾步的距離，他卻在我肩頭沉沉睡著了。

而今豔陽高照，我卻愣是瞅出了點日落的模樣。我閉上眼，輕輕道：「原來被人背著這樣舒服啊，難怪都能睡著了。」

我身子有些痠軟，手攀不住他的脖子。一直不停地奔走，陸海空的氣息變得急促，他喚道：「雲祥，摟緊些！」

「嗯。」我應了，拚盡全力死死抱住他的脖子。還沒出京城，還沒有安全，我便不能鬆手。

意識有些模糊，我好似看見李天王在書案前抓耳撓腮地急道：「不一樣啊！這和我寫的不一樣啊！怎麼死錯人了！」

我看得咧嘴笑了出來。哼哼，大鬍子李，你道我小祥子是這麼好欺負的。你想讓陸海空先死，若我喝過孟婆湯，那後半生必定鬱鬱寡歡、生生愁死；但現在，他死不了了。

他還有好長的一生要走，還有好多美好的事情要去經歷，不是作為初空歷劫的瞬間，而是作為陸海空，一個活生生的、完完整整的人，精采地活下去。

不知過了多久，我感到有人在拍我的臉。「雲祥？雲祥……」

他聲音壓抑，帶著三分嘶啞。

我睜開眼，看見漫天飄雪，陸海空的臉在我上方，白雪覆得他滿頭蒼白，彷彿他今生已老。

「哎呀，下雪了。」我聲音沙啞，但出奇地覺得精神頭十足，渾身輕極了，比我做祥雲那陣子還要輕盈許多。

陸海空摟著我，輕聲道：「妳別怕，我們去找大夫，一定能治好妳。」他這麼一說，我才想起來，在離開祭天臺的時候，三皇子投來的那枚暗器扎進我的背心。不用猜都知道暗器上有毒，而皇家的毒，哪是隨隨便便能治好的。

我現在這麼有精神，只怕是……迴光返照吧。

「陸海空，我爹當初對不住你，現在，便當我替他還了吧。」

「宋雲祥，妳從來不欠我什麼！」陸海空幾乎咬牙切齒地道：「妳拿什麼還！」

「啊，那正好。」我笑了笑。「咱們兩清，以後誰也不欠誰了。」我瞇起眼，彷彿看見了鬼差自遠方而來。「陸海空，下輩子你別再撞見我……」

我話音未落，他卻猛地埋頭。我驚駭，感覺到他溫熱的脣貼在我冰涼的唇上。離得太近，我反而看不清他的臉，只覺一滴一滴鹹澀的水珠滾進我的嘴裡，讓我唇齒間皆是一片苦澀。

一時間，我竟不想去計較他的行為算不算是非禮，只覺自己心口也灼熱得發疼。他在我唇上摩擦，賭咒發誓一般道：「下輩子，下下輩子，我都得撞見妳。」

我苦笑。「別這樣說。你會後悔的……」

這一世一過，我如此早早地去投了胎，陸海空壽終正寢之後，下來肯定找不到我；且那時他變作了初空，恢復記憶之後應當也不會想來找我了吧……

從此以後我都與他錯開了，不會再遇到了。

「你好好過完這一生，努力活著。」我瞇眼笑了笑。「我先走一步。」

魂魄離體，我立即被鬼差捉住，他們嘰嘰喳喳地叫著，牽著我往黃泉路上走。

我心頭陡然生出一股奇怪的感覺，似不捨，似心痛。我回頭一望，卻見陸海空貼著那具已停止呼吸的冰涼身體，哭得像是個孩子。

七時吉祥

第四章

所謂的風水輪流轉

鬼差牽著我入了地府。以後的六世情劫可算是被我躲過了，我長舒一口氣，想要仰天長笑，可是笑聲還沒發出便莫名消散了。嘴裡彷彿還殘留著陸海空淚水的味道，讓我心底發酸。

他還活著，可是我的生命裡卻再也不會出現那個叫做陸海空的傻小子了。

我回首黃泉路，有一瞬的茫然失神。

「快走快走！磨蹭什麼！妳又要耍什麼詭計？」一個鬼差用他尖細的聲音喊著，他緊緊盯著我，十分戒備。

我撇了撇嘴。「急什麼，這次我會乖乖喝孟婆湯的。」暫時遺忘這些破心情也是一個不錯的選擇。

哪兒想，小鬼聽了我這話，冷冷地笑了出來。「孟婆湯，妳還想投胎？先乖乖在地府關上十年八年的，把罪贖了再說吧！」

我愕然。「贖什麼？」

小鬼牽著我往地府深處走，走的卻不是通往奈何橋那邊的路。我心裡陡然緊張起來，莫不是要拖我去下油鍋吧？天地可鑑，我在人間可沒有做什麼天誅地滅的事啊！

我正猜測著，小鬼又道：「妳上次和那個初空神君將我們地府鬧得雞飛狗跳，孟婆一怒之下休假三千年，地府本就人手不夠，這下子更是耽誤了不少事。那個初空神君還算有禮，在地府乖乖贖了五年的罪。妳倒好，一拍屁股居然溜去投胎了！哼哼，我們冥界不管人界的事，但妳總得再回來，這一次可便宜不了妳！」

我嚥了口唾沫，怎麼將這一事給忘了。

地府天界各司其職，地府要罰人，我便是有千世情劫在身，也是要把處罰挨完了才能走的。

這……這一耽擱，我若是被罰到陸海空死了下來了，那豈不是還要和他一起投胎？我心裡兀自混亂著，小鬼已將我牽到了閻王殿上。

「閻王，祥雲仙子已帶到。」

小鬼說完這話之後，寬闊的閻王殿中便再無聲響。我抬頭一看，只見闊氣的書案之上只有兩隻腳交錯著擺在上面，在書案之後，黑衣男子的身體半癱在碩大的椅子上，臉上蓋著書，睡得正酣。

身邊的小鬼又大聲吼了一句：「閻王！祥雲仙子帶到！」

癱在椅子上的人渾身一顫，猛地驚醒，臉上的書「啪」的掉在地上。「啊……嗯，好好。」他放下腿，抹了一把嘴，坐起身來，隨手翻著雜亂的書案，眼中盡是初醒的迷茫。「啊，那個啥，仙子。嗯？犯的什麼罪來著？」

我抽了抽嘴角。這貨當真是閻王？頂替的吧，長得像個白面小生，行為卻像是個猥瑣大叔。

坐他左邊的判官很無奈地嘆了口氣。「是二十年前擾亂地府的那個祥雲仙子。」

「哦！」閻王拊掌，眼睛一亮。「是妳啊！小姑娘不錯，那時地府很熱鬧，本王看得很歡！哈……」旁邊的判官一聲輕咳，閻王強壓下脣邊的笑，嚴肅道：「嗯，判官，你覺得該怎麼判？」

「二十年前，初空神君贖了五年的罪，祥雲仙子卻私自投胎，逃向人間。其情節比較惡劣，屬下以為應當處以三倍的懲罰，令其為地府工作十五年，以告誡眾鬼，地府司法嚴明，自首從輕，反抗從重。」

閻王一點頭。「好，就這樣辦。」說完，他又倒頭倚在椅子上睡熟了。

這量刑，隨便得就像是在決定今天中午吃韭黃炒雞蛋還是番茄炒雞蛋。

出了閻王殿，小鬼將我帶到奈何橋邊，眾鬼還是和以前一樣在規規矩矩地排隊。小鬼指了指奈何橋邊一個巨大的鐵鍋道：「以後妳便代替孟婆在這裡熬湯，不要讓湯底糊掉了，等熬到十五年，妳自可去投胎。」

我在心底一琢磨，覺得十五年也不是一個太長的時間，初空在人間還要活四、五十年呢。於是我便安下心，老老實實地握了湯勺，開始熬湯。

地府沒有白天黑夜之分，永遠都是混沌陰暗一片，在我熬湯這個位置，一抬頭便能看到從黃泉路那頭走下來的人，各種類型的人到地府那一瞬間皆有同樣的惘然。

初時我看見他們的模樣還有片刻的唏噓，時間久了我也就麻木了，不管他們是痛哭失聲還是愴然大笑，我只在他們失魂落魄得不能自已時，淡淡提一句：「排隊，領湯。」

不知不覺間，我已在地府幹了十二年時間，眼瞅著還有三年便要熬出頭了，可命運偏偏給我開了個天大的玩笑。

在那個如往常一般陰沉的日子，黃泉路那頭出現了一個我再熟悉不過的身影，我驚得連湯勺掉進鍋裡都不知道。我抖著手指，不敢置信地指著他。

「陸海空！」

本以為再也見不到他了，本以為我們錯開了剩下的六世情劫……我扼腕痛恨。「千算萬算，沒算到你這傢伙命短啊！」

地府極靜，聽得我這聲咬牙切齒的嘆息，眾鬼皆空茫地望著我。黃泉路那一頭的陸海空也微微一怔，眸光遙遙穿過遍布的彼岸花，落在我身上。片刻的失神之後，他雙眼危險地一瞇，邁步便向我走來。

速度之快，讓我心中陡然生出幾分不祥的預感。

這個傢伙下了地府，回憶起從前的事，他不再是一往情深的陸海空，而是昴日星君手下十二個騷包神君之一的初空神君。即便他還記得陸海空這一生的經歷，但這於他而言，也只是生命中的小插曲。在現在的初空神君眼裡，我是一個咬爛他一塊肩肉的瘋子，是個和他在地上滾來滾去、撕扯抓撓、不顧顏面地打過架的悍婦，是那個陷害了他、讓他在地府冤枉地做了五年苦力的掃把星！

現在的初空，只怕是將我碎屍萬段的心都有了吧。

我心裡有些虛，但是轉念一想，這些事明明都是他先來招惹我的，我不過是為了自保，小小反抗一下。另外，在上一世，我那般偉大地以身做盾救下他，讓他得以幸福快樂地在人世活了這麼些年，他應當還欠我個人情，得好好謝謝我才是。

我還沒將自己安慰完，初空平空抓了一根通體赤紅的長鞭出來，他一聲大喝，二話不說：「啪」的一鞭便向我抽來。

我傻住了，看著他那張和陸海空一模一樣的臉，我的腿竟僵得半分也動不了。呼嘯的鞭子擦過我的脖子，火辣辣的疼痛將我喚回了神。我摸了摸脖子，指尖沾染上幾點兒血跡，想來是被鞭子抽破皮了。我轉眼望向初空。

初空見真的抽到了我，一時也有些愣然。「妳……」他眉頭一皺，惡狠狠道：「妳痴呆嗎！揮得這麼慢的鞭子都躲不開！」

我眉頭不可抑制地一抽。「你抽了我，還敢凶？」

「誰……誰知道妳躲不開。」

確實，換作以往，我定能躲開他方才那鞭，我躲不開的只是陸海空。我走上前，一時也管不得自己究竟打不打得過初空了，當下便抓住他的衣襟道：「你這短命鬼！白瞎了我為了救你丟的那條命！」

初空愣了一瞬，眉頭一皺，也狠狠道：「誰希罕妳救！」他頓了頓，眉目中那份奇怪的情緒退去，更添幾許怒火上來。「妳居然還敢跟我提這一世情劫的事！妳竟敢……」初空喉中哽了一陣子。「妳竟敢讓我……」

他憋了半天沒憋出個所以然來，我又接著道：「我都布好局了，以後都再撞不見你，結果你居然不給我努力好好活著，這麼早就死了！」我聲音一頓，忽然想起當初我快要死的時候，陸海空對我說的話。我恨道：「好啊，難怪在我死的時候，你要說下輩子、下下輩子還要撞見！你就是在詛咒我啊！你這個惡毒的男人！」

初空臉色一青，也拽住我的衣襟道：「妳也下地府十多年了，還不去投胎！明明就是妳居心叵測，意圖下輩子也與我糾纏不休！妳這陰險的女人！」

「陰險？」我指著身邊那一鍋孟婆湯道：「熬了十多年的孟婆湯叫哪門子的陰險！要不是因為你這小王八蛋上次把地府鬧得雞飛狗跳，我能受這份罪？」

「上次是我把地府鬧得雞飛狗跳？」一提到這個，初空彷彿氣得失去理智，連拔高的聲音都變了調：「我冤枉地做了五年苦力，到頭來妳這臭丫頭居然還倒打一耙！孟婆湯……妳還敢跟我提孟婆湯！」

初空拽著我衣襟的手突然凝了個咒，我只覺得渾身一僵，霎時動彈不得。

我驚慌失措，驚呼道：「你要幹什麼！你想幹什麼！」

初空將我拖到奈何橋前，隨手搶來一碗湯，周圍的小鬼都被他身上的仙氣嚇得連連躲閃。時隔三十二年，奈何橋前又來了一次雞飛狗跳。

初空一手箝住我的下頷，強硬地令我張開嘴。他冷冷笑著，將孟婆湯灌入我的嘴裡。「上一世妳便是逃掉了這湯，才讓我一生過得那麼蕭瑟，下一世，妳再逃個試試！」

他的法力比我高，將我定住了，我便是半點都動彈不得，只有在嘴裡咕嚕嚕地吐著泡泡，意圖將他灌進來的湯全部吐出去。

初空彷彿陷入執念，見我吐的多，他便也灌的多，喝完一碗，又拿了一碗給我。「方才是將上一世的補上了，妳這一世的也不要想逃掉！」

「小人！」我一邊咕嚕嚕地吐著泡泡，一邊狠狠罵他。此刻我多希望自己能練就一種神功，一種能將眼裡的殺氣凝成利刃的神功，刷刷地剮光敵人的骨頭，剃得乾乾淨淨！

我不知道自己到底喝了多少進去，但等耳邊聽到遠處傳來判官的驚呼聲時，初空已經跳過奈何橋，直奔六道輪迴而去。

這……這小王八蛋！居然敢剽竊我的創意！

他記得啊！他擁有所有的記憶啊！我下輩子會過得有多淒涼啊！

而這些還不算什麼，真正的噩耗，是判官驚慌失措的一句話。

「快！將那祥雲仙子倒提起來！孟婆湯喝多了，投胎之後可是會變傻的！」

我躺在地上，滿臉狼狽地打了個飽嗝。此時此刻，我望著天，卻似乎望到了我的心裡，那是一片荒蕪悲涼的場景，寂靜、悲涼……寸草不生。

我抱著閻王的大腿狠狠哭了一場又一場，只求他讓我在地府裡多熬幾年的孟婆湯。閻王很為難，心軟地將判官看了又看，冷面判官仍舊只是一句不變的「地府司法嚴明，不該罰的人便不能罰」。

我痛號：「是我求虐好不好！我求虐啊！你們再多虐我幾年吧！最好

虐我三、四十年，我燒高香謝謝你們！」

判官不為所動，閻王嘆了一聲，摸了摸我的腦袋道：「小祥子，莫哭了，逃不掉的始終逃不掉。」

我不甘。「為什麼！這一次明明我們也將地府鬧得好生亂了一通，為什麼沒有懲罰！」

閻王挖了挖鼻孔。「這個嘛，因為沒有人為這事抗議休假，對我大地府的影響還不是很大，所以不足以量刑。」

我涕泗橫流。「我現在可以去把那鍋孟婆湯掀了，耽誤所有魂魄投胎的時間。」

判官冷冷斜了我一眼。「奉勸妳最好不要，那可是會受鞭笞之刑的重罪。」

我垂下頭，哭得不能自已。

閻王咂巴著嘴道：「嗯，那初空神君既要與妳度一世情劫，將妳弄傻了，他也輕鬆不到哪裡去。」

我抹了一把辛酸淚道：「這一世他沒有喝孟婆湯，什麼都記得清清楚楚，他定是不會再喜歡上我的。到時候我一個傻子落到他手裡，除了死得很慘就只有死得更慘的分了……」

「嗯，那可說不準。」閻王接過我的話頭，在雜亂的書案上翻找一會兒，摸出一面頗為氣派的方鏡來。「妳來看看前世鏡，初空神君上一世對妳可謂用情至深啊。」

我扭過頭不肯看鏡中陸海空的經歷，就怕看見他哭，我也跟著壞了心情。我悶聲道：「那不是初空。」

「是與不是只在一念之間，連他自己都分不清是不是，妳又怎能斷言呢？」

閻王這話說得含糊，就像是天上那些揣著明白裝糊塗的佛祖、菩薩。我掐了一爪子閻王的小腿。「直白點兒！」

閻王「嘶嘶」抽了兩口冷氣。「情之一事，還須小祥子妳自己參破才行。」我掐他小腿掐得越發用力，閻王忙道：「判官，快將她拉開，讓她自己安心回去熬湯，等著三年後投胎！」

我被無情地拖出去，閻王殿的大門合上之前，我終是忍不住瞟了一眼前世鏡中的陸海空。他尚年少便生了一頭華髮，孤立於一座覆了白雪的墳頭前，慢慢倒下一壺清酒，神色不明。

我只覺心口被揪住一般，猛地窒息一瞬。

熬湯的日子一日痛過一日。

但不管我如何糾結，三年時光轉瞬即逝。我被小鬼們抬著，丟進了輪迴之中。

「初空！下次再到地府見到你，我一定要拔光你全身所有的毛！」

毛……毛……毛……輪迴井中，怨恨的聲音經久不絕，而我眼前一片眩暈之後便徹底失去意識。

滴答滴答。

黏膩的液體在耳邊不停地滴下，世界一片寂靜又一片雜亂。

不知過了多久，滴落的液體停了下來，頭頂上的木板被人掀開，陽光有些刺目，一個男孩的臉出現在我眼前。娘說，看見比自己大的男孩子要叫大哥哥。我乖乖地喚道：「大哥哥。」

哪兒想，這個男孩卻嫌棄地咂舌。「居然在這種時候碰見了！渾蛋李天王。」

我呆呆地盯著他，他也皺著眉頭盯著我，像是很困惑的模樣。忽然，有個粗啞的聲音喚道：「少主。」

男孩撇了撇嘴，頭頂上的木板重新被蓋上，他離開的腳步聲越來越小。

我抱著腿繼續蹲在水缸裡。娘說要和我玩捉迷藏，她沒找到我，我便不能出去。可是真奇怪啊……明明是娘把我放到這裡來的，為什麼這麼久了她還是沒有找到我……

難不成，大人們在偷吃好吃的不告訴我？

我奮力推開頭頂上的木板，又費力地爬出水缸。

「娘。」我一聲喚，卻沒在院子裡看見任何人的身影，只有遍地的血，像廚子每次殺過雞後留下的痕跡。我很不滿。「吃雞不叫我。」

我找過了廚房和爹娘的臥房，但都不見他們的身影，跑到大廳時卻見一堆黑衣人跪在地上，唯有方才那個男孩背著手站著。我高興地叫：

「大哥哥，有沒有看到我娘親！」

黑衣人們轉過頭來盯著我，有一個人站起身來，提著一把還在滴血的大刀向我走來。我眨著眼問：「你們是客人嗎？是你們幫廚子殺的雞嗎？但是廚子呢？」

黑衣人冷冷道：「妳很快便能見著他們了。」他對我舉起刀，黏膩的血滴到我臉上，我仍舊眨著眼望他。

「喂，把刀放下。」是那個男孩在說話。眼前的黑衣人稍猶豫了一會兒，男孩繼續道：「讓她跟我們一起回去。」

黑衣人們一時有些議論。「可是少主，她……」

「我說帶回去。」男孩從黑衣人的身邊走過，停在我面前。他盯了我好一會兒，突然把臉湊到我的眼前，小聲道：「本來想讓妳自生自滅的，但偏偏妳要撞到我手裡來。既然如此，我便不客氣地笑納了。」

他捏了捏我的臉。「小祥子，妳說我是該欺負妳呢，還是該認真地欺負妳呢，還是該狠狠地欺負妳呢？」他笑了起來。「不論如何，想到以後的日子，都讓我心情有一種說不出的舒爽啊！」

「我不叫小祥子，我叫楊小祥。」我繼續眨著眼望他。「大哥哥，臉蛋捏疼了。」

他鬆了手，笑咪咪地看我，有點像是我家廚子提著殺豬刀看見小肥豬時的表情。「從今天開始，妳就叫小祥子，做我的……嗯，徒弟怎麼樣？」

「不怎麼樣。」我道：「娘親殺了雞還沒給我吃，我不跟你走。」

「妳娘親到我家吃雞去了，妳一起來便是。」

我想了一會兒，問：「爹和廚子他們也在嗎？」

「都在。」

「大哥哥，牽。」我把手遞給他。

男孩卻頓了頓，猶豫了一會兒才牽住我的手。他輕咳了兩聲道：「妳得叫我師父，我現在可比妳大一輩，妳要尊敬我。」

「好，大哥哥。」

「叫師父。」

「知道了，大哥哥。」我的額頭一痛，是他用手指狠狠地彈了我一下。我摸了摸額頭，有些委屈地撇了嘴。「師父……」

他滿意地點了點頭，看起來心情很好的模樣……

我同師父離開我家之後，便再沒有見過我爹娘。師父說爹娘把我託付給他，以後我就只要聽他的話。我撓了撓頭，不太明白這些話背後的含意，但師父看起來不像是壞人，我便乖乖應下來。

隨師父去了他家之後，我才知道，他叫初空，今年八歲，是聖凌教的少主，教中的人對他總是充滿褒獎，走在哪兒都能聽見天才、神童，諸如此類的讚揚。不過師父對這些稱謂好似全然沒放在心上，明明只比我大了三歲，卻總是一副大人的模樣。

他老愛使喚我，讓我替他端茶倒水、穿衣疊被，即便是大冷天也要我在他床邊打扇。

一開始，我並沒覺得有什麼不對，畢竟師父給的吃食還是挺好的，頓頓有肉。但日子一久我便覺得很是奇怪，最後經多嘴的教眾一提醒，我才恍然大悟。

「師父，我不該叫你師父。」

此時初空正斜倚在榻上看書，聞言，他淡淡掃了我一眼。「妳有什麼異議，嗯？不用提了，不接受。」

「可是……」我很委屈。「他們都說我是師父養的小媳婦。」

師父身形僵了僵，沉默了一會兒，又翻了一頁書，不鹹不淡地問：

「誰說的？」

「他們。」

「下次再有說這種閒話的人，直接踢他褲襠。」

「好。」我老實應了，又繼續替他打扇。

後來果然又有人在我面前說那樣的「閒話」，我照著師父的意思，勇猛地踢他的褲襠，但是踢到一半就被人捉住。聖凌教的人武功都不錯，那天我挨了狠狠一頓抽。

我號啕大哭，直將在屋子裡看書的師父吵了出來。他皺著眉頭出現在我視野裡的那一刻，所有的委屈頃刻爆發了，我撲到他身上，抱住他的腰，抹了他一身的鼻涕、眼淚。

師父的身子有些許僵硬，他冷著聲音問：「這是怎麼了？」

我嗚咽著含混地告訴他事情經過，但師父好像一個字都沒聽清楚。他蹲下身來，我順勢抱住他的脖子，把臉放在他的頸窩裡蹭。我嘟嘟囔囔地說，說到最後，只會重複著一句「屁股痛，屁股痛」。

師父好像很不開心，他手一摟，將我抱起來，我的腿自然地夾住他的腰，整個人貼在他身上，嚶嚶哭著。

師父現在還不高，但是足以將我抱穩了。我聽見他嚴肅地問：「你揍她了？」

抽我屁股的那人吞吞吐吐了半天，終於「嗯」了一聲。

「為什麼？」

那人又吞吞吐吐了半天。「她要踢我……」

師父點了點頭，好像瞬間明白了所有，他向前走兩步，道：「腿張開。」

四周一片抽氣聲，我不明所以，暫時止住了哭，在師父身上蹭了蹭，換了個姿勢，轉頭朝抽我的那人看。那人面色青了一會兒，一咬牙蹲了馬步。

只見師父飛身一腳，踢上他的褲襠，那人身形晃了晃，卻還穩穩地站著沒有倒下。

師父道：「這次輕罰，若下次再讓我知道你們在本公子背後議論什麼不該議論的……」師父一腳跺在地上，白玉石的磚嘩啦嘩啦地四分五裂。「褲襠猶如此磚。」

四周又是一片狠狠的抽氣聲。

師父摟著我，帥氣地轉身離開，可沒走兩步，他又停下來，淡淡地甩下一句話：「還有，不要欺負你們不該欺負的人。」

我聽不懂這話，卻知道，那天之後，聖凌教的教眾對我的態度有了很大的改變，最直觀的莫過於吃飯的時候，碗裡的肉又多了。而也是那天之後，師父對我有了新的要求。

他捏著我的臉說：「妳這一世怎麼看起來蠢了這麼多……」

我啃著雞腿，糊了一嘴的油，茫然地看他。師父頗為嫌棄地皺了皺眉，鬆了我的臉，一邊擦手一邊道：「好吧，妳現在年齡還太小。不過，既然妳是與我初空神君為敵的人，自然也不該太弱。被路人甲欺負未免也太沒出息了些，拉低了本神君的檔次。」

「師父，你說我能聽懂的話好不？」我和他打商量，不過師父好像沒聽進去。

他望了會兒天，忽然道：「嗯，決定了，妳今天開始學武，本神君親自教妳。」

「學武是什麼？」

「就是在妳以後要踢人褲襠的時候，不會再被人拎起來抽了的神奇技能。」

我琢磨了一會兒，覺得這個東西實在太有必要，乖乖地點頭應了。

聖凌教後面有座大雪山，山頂終年覆蓋著白白的雪。聖凌教恰好在山頂蓋有一座別院，名為風雪山莊，山莊中沒住人，只做教中武功高強者靜修之用。

師父自從說要教我習武之後，便一直想帶著我到山莊裡去打坐，說是山頂靈氣足，利於修煉。

但爬山於我來說便是一個對體力極限的挑戰，試了大半個月，我沒有哪一次能爬到山頂。常常走到一半就坐在雪地裡起不來了，任師父如何捏我的臉，我也只是呆呆地望著他。

最後總是師父認命地將我背下山。

有一次師父氣狠了，狠狠掐了我一通。「妳故意的是不是！這是在鍛鍊妳還是在鍛鍊我啊！今天我還就不背妳了，下得了山就下，下不了山，妳就一直坐在這裡吧！」

說完他果然走了。我也老實地一直坐在那裡，從晌午一直坐到傍晚，然後眼睜睜地看著月亮爬上山頭。

肚子餓了，腿也麻得沒知覺。天上的月亮從一個變成兩個、三個，最後亮晃晃的一片。我瞇了瞇眼，有些想睡覺，剛要躺下卻被人猛地抱了起來。

「傻子！」來人一邊罵著，一邊俐落地將我背後的雪拍乾淨。

我使勁嗅了嗅，是師父身上的味道，溫暖乾淨得像是每年初始的第一縷陽光。我下意識地攀住他的肩，手臂軟軟地摟著，腦袋在他頸窩裡蹭了蹭。「師父，好冷啊。」

「冷不知道自己站起來走嗎！」

「之前累得走不動，後來餓得走不動，然後師父讓我一直坐著……」

師父沉默許久，終是嗤笑道：「妳現在倒是聽話。」

「我知道師父會回來找我的。」我暈暈乎乎地閉上眼。「下次……師父，下次，我們不這樣鍛鍊了好不好？」

師父到底應沒應聲，我沒有聽真切。

倒是後來，有許多聲音在耳邊響著，我聽見一個蒼老的聲音說：「少主，您……您這實在太胡來了，五、六歲的女娃娃，您把她丟在半山腰不管，傷風感冒便罷了，要是被野獸叼走了……」

「她不是好好的在這裡嗎？唸叨什麼，治病就治病！」

「我是說少主啊，她生病受傷了，您不是也跟著不舒坦嗎……」

「誰不舒坦了！滾滾，不給你治了，多嘴！」

我再醒來時，是躺在師父床上的。

師父臉色沉沉地坐在我旁邊，見我醒了，他探手按在我的額頭上，一言不發地停留許久，又把手收回去，扭著腦袋道：「簡直沒用極了！這麼點兒風寒就躺了三天。哼……」

我有些不明所以，但既然師父不高興，便是我做錯了吧。我抓住師父的手，怕他又像那天一樣轉身走了。「師父，對不起。」

「妳道什麼……」他一句話沒說完，咬了咬牙，又扭過頭去不看我。「妳身子太弱，待病好了便先與教眾一起練些尋常功夫。以後妳能自己爬上山了，咱們再去山上修煉。」說完，他甩了甩手。我仍舊緊緊抓住不放，師父有些惱怒道：「拽著做甚？」

「師父你別扔下我了。一個人又冷，又餓。」

他表情奇怪地僵了一瞬，嘴動了動，卻又沉默了一會兒才道：「知道了，以後不丟下妳。」他頓了頓，彷彿極不甘心地扭過頭來捏住我的臉。「妳再擺出這副可憐兮兮的模樣試試，妳再敢賣一個可恥的萌試試！」

師父掐得用力，我疼得淚水滴滴答答往下落。我很委屈，不知道自己哪裡做錯了，惹來師父如此大的怒火。「師父……」

掐住我臉的手一鬆，師父好似累極了一樣垂頭自語道：「妳要是在天界和地府像現在一般……我哪會抽得下手。」他萬分惱恨地捶了捶床，幾乎咬牙切齒。「偏偏！偏偏……在我能隨便欺負妳的時候……妳裝的吧，妳裝的吧！」

那天之後，因為太害怕師父將我一人丟在雪山上活活餓死，我努力跟著聖凌教的人鍛鍊身體，學習師父非常不齒的那些「尋常功夫」。

直至八歲那年，我終於可以爬到山頂了。

那以後，師父與我便在風雪山莊裡住下來，他也不教我別的，就給了我一把劍，告訴我一些我怎麼背都背不通順的心法口訣。

師父一邊嫌我笨，一邊又安慰他自己說我年齡小，可是一眨眼，五年時光飛過，我十三歲，師父十六歲，他終於拍著我的肩膀承認。「孟婆湯灌多了把妳灌傻了吧……」他說這話時的語氣，也不知是在高興還是在難過。

不過他老是說一些我聽不懂的話，我已經習慣，倒是今日去山下聖凌教拿吃食時，我聽到一個新的東西，感到萬分不解，當時沒好意思問，現在只有師父與我，我便爽朗地開了口——

「師父，我們如今是在和合雙修嗎？」

當時師父正在飲茶，聽我這樣問，他一口茶噴得老遠，抬頭來看我時，耳根竟莫名有些紅。「妳從哪裡聽來的？」

「今天下去拿吃食，一堆教徒圍在一起，說咱們兩人整天待在風雪山莊裡，是在沒日沒夜、沒休沒停地和合雙修。」

師父嘴角動了動，重複了兩遍「沒日沒夜、沒休沒停」這八個字，忽然按住額頭揉了揉。「山頂靈氣足，妳我只是在進行普通的修煉，不對，妳太笨了，根本就沒有修煉，只有我一人吸納天地靈氣，蘊化體內。」

「不是啊……」我心下覺得可惜，撓了撓頭道：「師父，聽他們說來，那個和合雙修似乎是個很好的法子，簡單方便，效果又好，不然，咱們試試？」

師父淡然地將茶杯放在桌上，一邊往外走一邊道：「這法子不適合妳我。為師有事下山，妳把兩月前教妳的心法背下來。」

「哦。」

後來，我聽說，那天山下的教眾都挨了狠狠一頓揍……

只是那天在教眾挨揍的同時，我在山上遇見了妖怪。

說來，我能看見一些尋常人看不見的東西，都是在學了師父教的口訣之後才發生的。我本沒覺得這能力有多大作用，但今日，我覺得師父教的東西還是有用的。

因為邁著長腿，一臉驚惶地闖進風雪山莊後院的妖怪，是一隻大大的人參精。他瑟瑟發抖地與山莊後院放養的母雞站在一起，自然而然地在我腦海裡被燉成一鍋香噴噴的湯。於是我盯著他，流了一地晶瑩的口水。

我正欲拔出腰間的劍，那漂亮的人參精忽然雙膝跪地，跪行到我面前來，狠狠磕了三個頭。「好姑娘，好姑娘，好姑娘！救命！」

這三聲好姑娘讓我覺得出奇地受用，人參燉不燉也不急在一時了。我拉了他起來，問：「你怎麼了？」

人參精抹了一把淚，泣道：「我……我被人追殺。」

這妖怪應當不知道我看出他的真身。我點了點頭，心裡琢磨著，有好東西應該等師父回來一起燉了吃，當下便應了。「那你先進來躲一躲吧。我師父本事大，等他回來，一定會幫你的。」

傍晚，師父一臉神氣地回來了，我還沒機會向他說明情況，他一進大廳，便皺了眉，問我：「妳招了些什麼東西回來？」

我正要開口，人參精一臉委屈地走出來，對著師父拜了拜道：「在下楠佩，今日冒昧打擾，實在是無奈之舉……」

他話沒說完，師父一挑眉，連連冷笑著走過來捏了我的臉。「男配？妳倒是會給我招人回來啊！」

師父捏我的臉彷彿已經成了習慣，我也沒有反抗，順著他的力道，湊到他耳邊說：「師父，人參精，燉了吃，大補！」

許是我這話說得大聲了一點兒，旁邊那人參精霎時嚇得面色全無，連連抽了幾口冷氣，摔坐在地上。「妳……妳……不是好姑娘……」他絕望地盯著我與師父。

師父挑了挑眉，揉了揉我的腦袋道：「嗯，難得妳聰明了一回，不過……」他瞟了人參精一眼，撇嘴道：「草木千年成精，吃了太損陰德。妳我不比尋常人，這傢伙還是放了為好。」

我大驚，忙拽了師父的衣袖道：「院子裡的母雞養得太久……都老了。」

「如此便將雞殺來吃。」

「可是！可是……」我覺得不甘心，但是又找不到話反駁師父，只好撓著頭，委屈地看著師父。

師父不看我，回頭瞟了人參精一眼。「從哪兒來的回哪兒去。不然被這丫頭啃了，我可不管。」

我磨了磨牙，真有些想撲上去將人參精直接啃了。

「可是……可是外面有追殺我的人，他們要將我刨了熬湯……」人參精癱坐在地上，一邊抹淚一邊道：「我逃了好些天，真的筋疲力盡了。」

「有人敢在我聖凌教後山挖東西？」師父語調微微往上一挑，我抬頭，見師父沉思了一會兒道：「好吧，本少爺就是太心善。男配，我允你在山莊內躲三日。」
我直勾勾地盯著人參精。師父將我的眼一捂，拖著我便往內室走。
「說不准吃就不准吃。為師今日累了，來給我捶捶肩。」
師父使喚我已是一件習以為常的事了，只是今日我做得有些不開心。「師父，人參燉雞大補。」
「嗯，改日讓廚子給妳一簍子人參，愛怎麼補就怎麼補。」
「那是長腿人參精……」
「吃了損陰德。」
總之就是不讓吃。我很不開心，也沒替師父捶完肩，便快快地回了自己的房間。
月色如洗，我在床上輾轉反側，睡不著覺，腦海裡轉來轉去都是人參精與老母雞站在一起的樣子。忽然，我腦子裡靈光一轉，想起另一件事。
山下的教眾說，和合雙修是個快速提升修為的法子，師父說我與他不大適合這個法子，這人參精既然成了精，也一定是要修煉的，不如我就與他一起和合雙修，沒日沒夜、沒休沒停地修個十天半個月，到時我一定能進步得很快，師父也不會再說我笨了！

如此一想，我越發覺得自己其實沒有師父平時說的那麼傻，我還是很聰明的。

第二天，師父不知為何又下山了，我在山莊裡找了好久才將蹲在柴房角落裡的人參精找到。

他看見我，登時嚇得面色慘白，忙叫喚道：「別！別吃我！我什麼都可以做！什麼都可以做！」

他這樣一說，我立馬笑了。「好啊好啊！咱們來和合雙修吧！」

人參精臉上慌亂的神色僵了一會兒，然後整張細白的臉莫名漲紅了起來。「我一直是清修的……我不會……」

我一皺眉，覺得這人參精除了燉了吃掉，果然一點用處都沒有。

他抬頭瞟了我一眼，像是從我的神色中看出我的想法，他漲紅的臉又擠出了冷汗。「不……不過，我大致知道是怎麼回事，如……」人參精莫名其妙地哭了，看起來十分悽慘。「如果妳十分……需要，我願意和妳試……試試。」

「嗯，那就在這裡先試試。」

人參精白了臉。「這裡？」

「不然換大廳裡？」

「大廳裡！」他又愣然。

我怒了。「不然你說在哪裡？」

「這個、這個在內寢比較適合……」

我的寢房太小，又沒練功的地方，我想了一會兒，還是覺得師父的寢房好，又寬又大，透氣通風，有練功的地方，要是出了什麼意外，師父回來也知道。於是我便帶著他去了師父的寢房。

我與人參精在師父寢房的八仙桌邊坐了許久，我不知道該怎麼修煉，便一直直勾勾地盯著人參精。他不知在想些什麼，彷彿整個人都陷入了癲狂的狀態，渾身發抖，滿臉通紅。

他……應該是正在進入狀態吧？

我也跟著配合地一起渾身顫抖，努力把自己憋得滿臉通紅。

人參精愕然。「妳……妳這是在做什麼？」

「配合你啊。」我眨著眼問：「咱們怎麼開始？」

他顫抖著指了指師父那張又大又軟的床。「從……從那裡開始。」

我老實走過去坐在床上。「然後呢？」

人參精也磨磨蹭蹭地坐到我身邊，他埋著頭，使勁戳手。「然……然後，大概是，大概是脫……脫衣服。」

我想起了師父曾對我說過不准隨隨便便在人前脫衣，但又一想，師父也曾說過，不要把練功當作一種隨隨便便的事。左右一權衡，我還是老實地把外衣扒掉。

「然後呢？」

人參精忸怩著將他自己的衣服也扒掉一件，他將頭埋得更低了，聲音小得我幾乎聽不見。

「繼續……繼續脫。」

我又老實地脫掉中衣，正靜待著人參精將他自己的衣服脫下來時，突然看見一股血柱從人參精臉上流了下來。

我大驚，抬起人參精的臉一看，發現他流了滿臉的鼻血。「啊！你走火入魔了！」我忙將他放平在床上，正無措之際，忽聽房門「吱呀」一聲響，被人推開了。

師父站在門口，望著我，眉往上挑了挑。

「師父！」我大喊：「出事了！」

師父腳步緩慢地踏進屋裡，站定在床邊。他瞇著眼來回打量了我和人參精半晌，忽然音色飄渺地問：「小祥子，妳在為師的床上想做什麼？」

我盯著師父，認真回答：「在與人參精和合雙修。」

師父微微往後退了一步，面上神情瞬間變化，奇怪得讓我覺得陌生。

我還要說話，師父卻突然動手拎住人參精的衣領，將暈倒的人參精當麻袋一般在地上一拖，扯到窗戶前。師父好像連窗都懶得開，一掌將窗戶整個拍碎，提了人參精便將他當作垃圾一樣拋出去，遠遠的也不知扔到後山哪一塊地方去了，只留一溜鮮明的鼻血在地上，證明人參精曾經來過。

我訝異地張大嘴，呆呆地望著師父。

他回頭，窗外的山風蕩進屋裡，吹得他髮絲微亂。他望著我，像是平時打趣我一樣說道：「小祥子，膽肥了嘛，妳再仔細說說，幹了什麼？」

我隱約看出來了，師父眼裡的東西和平時又有些不大一樣……

而不管師父現在心裡怎樣波動，我只覺得全世界沒人能理解我內心的波動。我搖著頭盯著師父，聲淚俱下：「燉雞你不讓，和合雙修你也不讓，你還把他扔了！你怎麼就見不得我好！」我抱住腦袋，聲嘶力竭：「你不是討厭小祥子，就是愛上楠佩人參精了！」

我聽見師父深深呼吸的聲音。

一想到師父不再像以前一樣喜歡我了，我就覺得天要塌了一般，沉重得讓我無法面對現實。

我拽了衣服，一邊穿一邊往外面跑。「師父不要我！我也不要師父了！沒有人參燉雞，總有小雞燉磨菇！」

十三歲，我幹了這輩子幹過的最大一件事。我，小祥子，衣衫不整地跑出師父的房門，一路哭著，狂奔下山，然後……

離「師」出走了。

第五章

睡夢中的紫衣男子

車輪骨碌碌地轉。

我抬頭看了看對面緊閉著眼的紫衣男子，又拽著粗木頭做的柵欄使勁拍了拍，衝前面駕車的兩人喊：「喂！肚子痛，尿急！」

「臭ㄚ頭就是事多！」一人吁馬停下，另一人跳下車，給我開了柵欄的門。他拽著我手上的繩子一拉，將我拖下車。

「快些。」他指了指路邊茂密的草叢。「解決了就出來。」

那人牽著繩子的另一頭，背著身子站著。我左右看了看，別無他法，只好蹲下在草叢裡解決。

遠遠地聽見坐在馬車上面的人在罵，說該把我丟在荒山野嶺，普通人類一個，帶著麻煩，還賣不了多少錢。

另一個人大笑道：「此行已是大有所獲，雖讓那千年人參精跑掉，但逮著了更好的獵物。這女人嘛，賣不掉還可以自己帶回去玩玩，左右是個傻子，也翻不了什麼天。」

我揉了揉空空的肚子，對師父的想念越發強烈起來。

沒錯，我被綁了。

事情變成這個樣子，還要從三天前我離「師」出走的那一刻算起。

我本打算離開師父之後跑到聖凌教去蹲兩天，然後再扛著食材回去繼續給師父捶腿捏肩，但不曾想，衣衫不整的我跑到半山腰時遇上兩個壯漢，便是現在我眼前的這兩人。那時他們正扛著一名暈倒的紫衣男子，便是現在在囚車裡睡著的那名男子。

當時兩個壯漢正在討論下山之後要去哪裡找地方喝酒吃肉，我好心地跟他們提醒了一句：「聖凌教裡的東西可好吃了。」

然後這兩個壯漢戒備地盯了我許久，忽然對我動起了手，我沒打贏，便被一同帶走了。

走了三天，紫衣男子在我身邊睡了三天，我想念師父也想念了三天。

印象中，我從來沒有離開師父這麼久過。雖然每天師父都會使喚我做許多我不喜歡做的事，替他洗衣疊被、捶腿捏肩，他還老是揶揄我當作消遣。但是，當我生病的時候，師父總是在的，惡夢驚醒時也能看見師父；被人欺負了，師父也會幫我欺負回來。

我撓頭想了想，其實比起人參燉雞和小雞燉磨菇，還是師父揉著我的腦袋叫我「小祥子，乖」的模樣看起來更好吃。

真想回去啃師父一口啊……可是，現在要怎麼做才能重新回到師父身邊呢……

車輪像是輾到一塊石子，我被狠狠一顛，一頭栽在對面的紫衣男子身上，壓得他猛地一咳，呼吸亂了幾拍。我抬頭一望，見他迷濛地睜開眼。

「啊，你醒了。」

我這一聲喚，讓前面駕車的兩人一同轉過頭來，他們警惕地盯了紫衣男子一會兒，才安了心繼續駕車。我不解，這個男子手腳都被鐵鍊銬著，面色青白、氣息虛弱，看起來就是一副快死的樣子，這兩個壯漢還警惕些什麼？

男子動了動手腳，鐵鍊叮噹作響，他好似猛地察覺到自己的處境，渾身一僵。他抬起頭來將四周一打量，目光在兩個壯漢的背影上停留一會兒，又轉過頭來看我。「妳是誰？」

「我是小祥子。」我好心提醒他：「我們被綁了。」

他眉頭皺了皺。「妳看起來很高興的樣子？」

「因為現在有人和我一起不舒爽了。師父說，在糟糕的時候看看比自己更糟糕的人，心裡就會平衡很多。」

男子嘆一聲，垂下頭。「傻子啊……」

我見他確實太消沉了，便好心地湊到他耳邊，小聲安慰：「你莫憂心，再過不了多久，我師父就會來救我的，到時候我讓他把你順出去。」

男子斜斜瞅了我一眼，沒再說話。

因為有了同伴，我不再寂寞，所以我便開始與他聊起天來。這個人好似不喜歡說話，於是我就慢慢跟他細數我與師父的生活趣事。他眨著眼一直聽著，我從下午說到傍晚，這個男子一直沒應聲，倒是前面兩個壯漢之一恍然大悟似地吼了一聲。

「她！是那個聖凌教少主當寶貝一樣寵的傻子徒弟！」

我撓了撓頭，正想說師父沒有把我當寶貝寵，忽然平地一陣大風起，吹得我瞇了眼，再睜眼，卻見路的盡頭，迎著日暮昏黃的光，有一個人影緩步踏來。

「啊！師父！師父！」我大喊，急得直往粗木柵欄上撞，恨不得立時將這東西撞碎了，能直接一頭撲到師父懷裡。

可師父還未走近，我便聽到一陣「呵呵，呵呵」的冷笑。我脊背一寒，渾身寒毛不由得一豎。記憶裡，師父很少這麼笑，但一旦這麼笑了……

「好極、好極。」師父忽然自腰間抽出一根長鞭。

我從未見他用過鞭，但不知為何，看見他一手持鞭、笑含殺氣的模樣，我竟覺得格外地和諧。

「小爺翻遍山頭尋人，這二貨卻被爾等綁走了。」長鞭一振，抽在地上「劈啪」一聲厲響，我也跟著渾身一抖，顫了幾顫。師父笑道：「讓小爺空忙了幾天，說吧，你們想怎麼死。小爺成全你們。」

前面兩個壯漢對視一眼，其中一人道：「我兄弟二人無意冒犯聖凌教，這姑娘既是少主門徒，我們自當歸還於少主。」

我看了看坐在旁邊的紫衣男子，他仍舊一言不發，靜靜打量周圍的情況。我小聲道：「你放心，我師父不是個心胸寬廣的人，這兩個壯漢肯定得挨抽。」

紫衣男子靜靜瞅了我一會兒，突然道：「妳師父若是聽到這話，待會兒妳也得挨抽。」

「師父不會抽我。」說來，師父還真沒動手抽過我。每次他莫名其妙地對我發火，氣得再狠也只是用力捏我的臉。越想我便越覺得師父好，回頭回了風雪山莊，我一定賣力給他捶腿捏肩。

我這邊正想著，師父忽然道：「還？被偷走的東西，我向來更喜歡自己搶回來。」他身形倏地動了起來，兩名壯漢也立時拔出身側的大刀。而師父第一鞭揮向的地方卻不是那兩人。

我只聽頭頂「啪」的一聲響，我用腦袋撞了許久也未曾動一下的粗木柵欄應聲而裂。師父拋下一把匕首到我腳邊，十分嫌棄地瞥了我一眼，轉身又與那兩人鬥在一起。這兩個壯漢的功夫出人意料的不錯，一時半會兒竟與師父戰成了平手。

我立馬撿起匕首，費力地割斷繩子，又轉頭對紫衣男子道：「我幫你把鐵鍊砍斷。」

「別費力了。」紫衣男子淡淡道：「玄鐵石的鐵鍊不是普通匕首砍得開的。那兩人不是普通武夫，而是捕妖人。妳師父功夫再好，同時應付這兩人也是相當吃力的。妳若聰明一些，便知道現在該趕快逃走。」

我眨著眼盯了紫衣男子一會兒。「我師父也不是普通武夫啊。」我舉起匕首，心中默唸師父之前教了我好幾個月的口訣，狠狠砍下，鐵鍊應聲而碎。我將匕首收好，對有些訝異的男子道：「這也不是普通匕首啊。」

我拽了男子的胳膊將他拉起來。「咱們先躲著，等師父收拾完了再出來。」

哪兒想，我剛帶著這人要走，忽聽一個壯漢怒吼：「丫頭休想拐走我們的貨物！」

話音未落，他竟拋下另一人不管，掄著大刀便向我衝來。我嚇了一大跳，口裡喚著師父，手裡拖著紫衣男子沒命地往路邊樹林裡跑。

我聽見師父在嫌棄地罵我：「妳又去哪兒勾搭的妖精！」聲音離我不遠，想來是追過來了。

紫衣男子被我拽著跑了幾步，像是喘不過氣來一般，吃力道：「妳放……放開我……他們不會對付妳。」

我一聽這話立馬放了手，腳步還沒停下來，忽覺膝關節被重物一擊，我腿一軟，在地上狼狽地摔花了整張臉。我抬起頭，憤怒地指責紫衣男子：「騙子！我放手了，他們還打我！」

他張了張嘴，啞口無言。

下巴火辣辣的疼，像是磕破了皮，我還沒來得及哭，一道陰影便罩住我。我扭頭一看，卻是那壯漢揮舞著大刀，眼瞅著便要將我劈作兩半。我眨著眼，忽見一道長鞭纏上壯漢的腰，不知使鞭的人怎麼用的力，好似輕輕一甩，那壯漢便像木偶一般被拋到一邊去了。

師父一襲白衣飄飄，帥氣地落在我身前。他一手捏著鞭子，一手將我拽起來。

此時師父再是陰沉的臉色，在我看來都猶如春天的花一樣美麗，我將他的腰緊緊一抱，在他胸口蹭了幾蹭，便賣力哭了出來。「師父，我錯了！嗚……不要人參燉雞了……嗚……」

師父卻將我從他的懷裡拉開，看了看我的下巴，又捏了捏我的胳膊和腿，脾氣不好地問：「挨了多少揍？」

我抽噎著想了一會兒。「沒數……」

師父臉色更難看了。「還回去沒有？」

「打不贏……」

「蠢丫頭！」師父咬了咬牙，一臉憤怒地瞪向後面又重新站在一起的兩個壯漢，切齒痛恨一般自語道：「我養的豬，你們居然敢先給我宰了……」

被師父扔出去的那名壯漢扶著腰道：「我兄弟二人已給你道過歉，且願意將這丫頭歸還於你，這幾日我們並不曾虐待她。你為何還要與我們為難？」

師父冷冷一笑，將我護到身後，頗為猖狂道：「為難你們還需要理由嗎？」

「聖凌教莫要欺人太甚！我二人不過想要回貨物……」

「小爺不想還。」師父執鞭一振，高傲道：「你來搶啊。」

看著師父與那兩人又打在一起，我撓了撓頭，在一旁挨著紫衣男子坐下。「你瞅，我師父心胸可狹窄了。」

紫衣男子沉默一會兒。「妳師父並非常人。」

我點了點頭。「嗯，比常人要心胸狹窄些……不過師父對我總是寬容的。」我轉頭看了看紫衣男子。「啊，都這麼熟了，還不知道你的名字。」

他沉默了一會兒道：「我叫紫輝。」

我剛想友好地和他打個招呼，忽然眼角餘光有一絲亮光閃過，紫輝面色大變，一把將我推倒在地，大喝：「暗器！小心！」

我還沒反應過來是什麼情況，微微抬頭一看，又是三根銀針迎面而來。

此時要躲已來不及，我正呆愣之際，忽然一根通體赤紅的長鞭捲了過來，細鞭僅有繩粗，卻盡數將銀針攔腰截斷。

我一聲「師父威武」剛要吼出，卻見那兩名壯漢趁著師父分心之際，一人制住師父的動作，一人揮刀便向師父砍去！

我大駭，一時嗓門竟發不出半絲聲響，只能瞪大了眼，死死盯著那方……

「不准欺負我師父！」

電光石火間，師父身子微微一轉，大刀砍在他的左肩上，鮮血直流。師父卻像半點也感覺不到痛，身子順勢一沉，手下不知用了什麼力，輕輕在那兩人身上撫過，兩人皆是渾身一震，霎時被震開丈遠，口中狂湧鮮血，暈死過去。

挨著我的紫輝渾身一僵，我卻來不及管他僵還是不僵，推開了他便邁步跑到師父身邊。看見師父肩頭皮開肉綻的傷口，我一時竟不知自己應該做怎樣的動作、說怎樣的話。

「嚇傻了嗎？」師父臉色蒼白，但語氣卻與平時沒什麼區別。「妳下次再亂跑試試。」他一拂衣袖，轉身就走，心裡定是還有火氣沒發出來。

我拽了他的右手，害怕得直顫。「師父……傷，痛不痛……」

「死不了。」他冷冷道：「哼，妳現在倒是認我這師父了。我不讓妳吃人參燉雞，妳跑出來可有找到小雞燉磨菇？」

我乖乖認錯。「師父，我錯了，再也不亂跑了。」我心裡害怕，聲音忍不住抖了起來：「你不要生氣……不要不要我。」

一聽這話，師父扭過頭來，斜著眼看我，聲音有些奇怪地道：「哦，先前是誰扯著嗓門吼，不要師父了來著？」

「我錯了。」

「嗯，為師是個心胸狹窄的人，不接受認錯。」

「我錯了……」我翻來覆去只知道說這一句話，卻越說越沒底。像是有冷風呼呼地往心口裡灌，我覺得這次師父是當真不要我了。我仰著頭，愣愣地望著他。

師父斜眼看我，沒一會兒他眼睛一眨，神色有些怔怔。「喂！」他轉過身子，帶了些許哭笑不得地道：「蠢祥子，逗妳玩呢，哭什麼。」

大顆大顆的眼淚止不住地從眼角滾落，師父的身影在我眼裡變得模糊不堪，我緊緊拽著他的手，就怕稍微一鬆，他便扔下我跑掉了。「不要……不要不要我……」

師父一聲嘆息。「妳簡直蠢斃了。」

「不要嫌棄我。」我止不住地抽噎。

「沒有嫌棄妳。」他不耐煩地說完這話之後，又沉默了許久，我只顧不停地抽噎。

忽然，師父將右手抽離，我心下一空，正惶然無措之際，手心驀地一暖，是師父重新將我牽住了，一如小時候帶我爬山時那樣。

在我模糊的淚光裡，他無奈地彎起唇角。「算了，回風雪山莊吧。」明明是不屑的語氣，可我卻覺得師父的聲音如同他的掌心一般溫暖。

「師父……傷，痛。」

「皮肉傷，看起來嚇人而已。」

師父牽著我走了兩步，我又停了下來，回頭指著坐在一旁的紫輝道：「師父……還有一個。」

師父身子一僵，回過頭來，上下打量紫輝一番，挑了挑眉望我。

「哦，妳還真找到小雞燉磨菇了，這是雞精還是磨菇精？」

我忙抱緊師父的手，賭咒發誓道：「我什麼精都不要了！只要師父！」

見我這副模樣，師父微微一怔，扭過頭輕輕哼了一聲：「算妳識相。」

正在此時，寡言的紫輝忽然開口：「小……阿祥姑娘，妳且與妳師父回去吧，我並無大礙。」

我眨著眼望了望他，覺得他繃著一張慘白的臉說出這話，特別沒有說服力。將這麼一個虛弱的人獨自扔在荒山野嶺，而且我與他好歹也算互相熟悉過了……

我這方還未想完，師父毫不留情地拽了我便走。「石頭萬年成精，那傢伙修為不知比妳高出多少，還用不著妳去擔心。」

「比師父還高嗎？」

師父沉默了一會兒，忽然回頭狠狠捏了捏我的臉。「要不是因為妳這ㄚ頭，我能落到這步境地！」

師父掐得有些疼，我努力眨著眼，不讓眼底的淚水流出來。不然師父消不了火，他又得把我扔下了……

掐著我的手漸漸無力地鬆開，師父一聲嘆息。「算了……妳又什麼都不知道。」

我隨師父回了風雪山莊。

之後好幾個月的日子裡，師父藉口肩頭有傷，連翻書的活都一併讓我包了。

我幾乎每時每刻都在師父的眼皮子底下轉，但師父看起來好似很舒坦的模樣，我便當作贖罪，認認真真地將他伺候著。

某日午後，師父正在午睡，我坐在床邊的小板凳上為他打扇。正搧得迷迷糊糊之際，忽覺腳下有什麼東西「咚咚」地滾了過來。我眨了眨眼，定睛一看，卻是一塊拇指大小的石頭，晶瑩剔透。我撿起來，將它對著陽光一照，竟見它周圍散著紫色的光，極是漂亮。

「改天下山，讓工匠打個扳指出來吧，師父戴著肯定好看。」話音剛落，不知為何我手猛地一抖，那石子落在地上，滴溜溜不知滾去了哪裡。我正欲彎腰去找，師父不滿意地哼哼兩聲。

「小祥子！打扇，不許偷懶。」

我忙替師父搧起風來，心想待會兒空下來再來尋。可是之後不管我怎麼找那塊石子，都再不見它的蹤影，久而久之，我也便將它遺忘了。

又是一年冬季，風雪山莊裡的雪積得有膝蓋深。師父像是天生討厭下雪天一般，一旦屋外颳風飄雪，沒有重要的事情，他便會在屋子裡烤著爐火，看一整天的書。

炭火、熏香、飯食，皆命我在外跑來跑去幫他準備。

這日，我與師父吃完飯，洗了碗筷，又要去打掃院子。我拿著掃帚粗粗掃了幾下，便坐在雪地裡打起瞌睡。昨天師父考我心法，我沒背上，他訓了我大半夜，今日又早起，我實在睏得不行，迷迷糊糊便躺在雪地裡睡了過去。

夢裡面，有個紫衣男子在喚我的名：「阿祥姑娘，阿祥姑娘。」我嫌他擾了我的美夢，嘟囔幾句，不想理他，可他卻一直喚、一直喚，最後一句竟是帶著笑意的打趣。

「阿祥姑娘再不起，妳師父可要打妳屁股了。」

「師父」二字刺痛我的神經，我一睜眼，正好看見師父披著墨竹印花的大麾站在我跟前。他皺著眉頭，神色緊繃地盯著我。「起來，不許在雪地裡睡覺。」

師父鮮少用如此嚴肅的語氣與我說話，我嚇得一愣，忘了反應。師父竟懶得說第二遍，直接動手將我從雪地裡拽起來。「妳若累了，便自己去屋子裡睡。」

他說完這話，轉身便走。剩下那句隨著寒風颳來的話，也不知是我的錯覺，還是他真的說過。

「有人在雪地裡閉了眼，就再也不會睜開了。」

我理解不了這句話，就如同我理解不了為什麼在那之後，師父偶爾看著我會有些許失神，像是在看我，又像是在看另一個人，甚至有時還會出神地呢喃。

「見鬼了……越長越像。」

師父從小便喜歡說一些我聽不懂的話，我也懶得在意。倒是自那以後，我常常會在夢裡看見一個紫衣男子，他總是站在一片黑暗之中望著我，喚我……阿祥姑娘。

一開始我不敢與他交談，後來多見了幾次，我便鼓起勇氣問他：「你是何人？」

他淺淺地道：「夢中人。」

第二天一醒，我便跑去問師父：「什麼叫夢中人？」

師父在床上打了個哈欠，懶懶地回答我：「鬼魂、幽靈，根本就沒活在這個世界裡的怪物，妳腦子裡亂七八糟的雜念凝聚在一起而形成的妖魔。嗯……妳覺得哪個合適，哪個便是夢中人。」

我撓了撓頭，覺得哪個都不大合適。隔天趁著下山去聖凌教取食材的機會，又向聖凌教的教眾請教了這個問題。大家給我的答案又是千奇百怪的，無法統一。

護教伯伯拍著我的腦袋，一臉欣慰地望著我說：「小祥子長大了。」

堂主姊姊望著遠方，像秀才吟詩作對一般告訴我：「心魂所繫，夢寐以求的另一半。」

廚房殺豬的大叔告訴我：「妳這麼大年紀就作春夢了啊！得了，以後找相公便瞅著那夢中人的模樣找吧。」說完這話，殺豬的大叔摸著下巴想了一會兒，呢喃自語著：「嘶……我這話被少主聽見了，約莫有些不妥吧……」

我眨著眼望了他好一會兒，又問：「相公是拿來幹麼的？」

「相公能幹麼……」大叔哈哈大笑起來。「賺錢養家，讓媳婦過好日子！」

我心底一喜，眼睛一亮，忙問：「那以後我可以找個相公做他的媳婦嗎？」這樣，師父交代的活都可以讓相公做了，洗衣疊被、捶腿捏肩，我也就可以過上好日子了！

不想我問了這問題，殺豬的大叔卻為難地撓了撓頭。「可以是可以……不過……妳得問問妳師父才行。」

多一個人伺候師父，師父肯定高興，沒什麼不好，師父肯定會答應的。

我拎著食材，興高采烈地回了風雪山莊。

用完晚膳，我見師父今日心情挺好，便興匆匆地問：「師父可想多一個人來伺候你？」

師父喝了口茶，扭頭看了我一會兒。「笨徒弟一個就夠了，我可不想再收一個回來折騰自己。」

「不是收徒弟。」我道：「我給自己找一個相公，然後把他帶回來一起伺候師父可好？」我掰著手指，一二三四五地細數討了相公之後的好處。「我洗碗時他掃地，我生火時他劈柴，我洗衣時……嗯，他也與我一同洗衣。事情肯定做得又好又快。」我滿臉期冀地轉頭望師父。「師父你說，這樣是不是很美好？」

師父不動聲色地轉著茶杯，一言不發地坐著。

他約莫是沒聽清我的話吧，於是我又大著嗓門問了一遍：「師父，你說我給自己討個相公怎麼樣？」

「啪」的一聲，師父手裡的茶杯應聲而碎，茶水灑了他一身。我驚愕，卻聽師父笑了出來。

「好，自是極好，有人貼上門來伺候我，怎麼不好！」

他這麼說著，臉上的表情卻有些癲狂。

我很想說：「師父，你這個樣子看起來和你說的話一點兒也不符合。」但在我開口之前，師父便走到我身前，狠狠地將我的臉捏了又捏。

「很有膽量嘛，嗯，小祥子，已經想著尋找幫手，有組織、有紀律地來對付我了。」

「是伺候你。」我糾正他，但顯然師父沒有聽進去。

「好啊，凡人女子及笄之後方可成婚，還有一年多的時間，一年之後，妳若找到合適的人便去嫁吧。」師父幾乎是在用鼻孔看我。「到時候沒人娶妳，妳可不要哭著來和我訴苦。」

我撓了撓頭，很是不解。「師父，你不想讓我討相公，我不討便是，你別生氣。」

不知這話哪裡戳到了師父的神經，他渾身僵了僵，立即便鬆了手，扭頭道：「哼，誰愛管妳討不討，只是……只是妳是我徒弟，到時候沒人娶，反而丟了我的臉！」

師父果然是個死要面子的人，我嘆了嘆氣，道：「師父不用擔心，我現在有目標了，會努力的。」

我收拾碗筷往屋外走，師父卻像是個木偶一樣定在房間裡，直到我快要到轉角時，忽聽身後傳來師父沉沉的聲音。

「喂。」他喚住我，卻又想了好一會兒才問：「妳看上誰了？」

我望著天想了一會兒，答：「我的夢中人。」

轉過牆角，沒走幾步我便聽見身後傳來掀桌子、踢板凳的聲音。

師父一吃完飯就開始練功……真是勤奮啊。我也要加油替自己找相公，這樣以後才能多幫師父的忙，少給他添亂。

自那以後，師父使喚我的事越來越多了，幾乎連睡覺都恨不得讓我在他床邊打個地鋪。

每次去聖凌教取食材，師父也跟閒得沒事一樣在我身後晃悠，初始大家對我都與尋常一般，但漸漸的男教眾都不找我說話了，隔了沒多久，廚房殺豬的大叔也不大與我說話了。

如此過了一段時間，我有些不開心，覺得自己大概是哪裡做錯了，被大家嫌惡了。師父每當看見我不開心，臉色就更難看，偶爾還能聽見他脫口而出的自語——

「果然是聖凌教裡的人……」

·

又是一場夢，寂靜的黑暗中，紫衣男子靜靜地看著我。

我也望了他許久，最後萬分惆悵地開口：「你別看著我了，就算你是我的夢中人，我也討不了你回去做相公。」

眼瞅著明天便是我及笄的日子，師父讓聖凌教的人替我組織了一場聲勢浩大的招親宴，而他自己的臉色卻隨著日子的臨近越來越難看。我雖然不知道原因，但也能看出師父是不喜歡讓我討相公的。因而我也萬分不解，既然他不喜歡，我不討就是了，他為什麼非要張羅這一場招親宴給他自己找氣受呢？

我又嘆了聲氣，告訴紫衣男子。「我師父是個怪人，雖然他給我辦了招親宴，但他其實是不高興我討相公的，所以，就算我挺想要個相公，我還是不會討的。而且，你永遠都只出現在我的夢中，又來不了。嗯……所以，我想了一下，你以後還是不要出現在我夢裡了，讓我有過好日子的念想，最後又過不了好日子，挺揪心的。」

紫衣男子聽了我這話，不知為何卻笑了出來。「別揪心，我努把力，讓妳過一過好日子，可好？」

我眼一亮，可是一想到師父那張陰沉沉的臉，我又撓了撓頭。「我過了好日子，師父不開心……還是算了吧，我就這樣陪著師父就好。」

紫衣男子沉默許久。「阿祥姑娘可是喜歡極了妳師父？」

「喜歡極了。」我點頭。「師父吃肉，我也吃肉；師父開心，我也開心。」

紫衣男子沒再說話，我耳邊隱隱能聽見師父喚我的聲音，想來是天亮了。我對紫衣男子揮了揮手道：「我走囉，以後咱們也別再見了。」

睜開眼，天剛矇矇亮，我心中不解，師父今日不知哪裡來的精神頭，竟比我起得還早。視線慢慢清晰，我見師父站在我床邊，瞇著眼打量我。

「夢見什麼了？一直在嘀咕。」

「嗯……」我揉了揉眼，答：「在和夢中人告別……」話音未落，身上一重，卻是師父壞脾氣地將繁複的衣裳扔過來。

他又青了臉，咬牙切齒地站了許久，才道：「今天起來就能看見了，不用在夢裡那麼留戀！」

我剛想解釋以後都不會再看到了，師父卻一個轉身離開房間，只拋下一句怒氣沖沖的話：「換了這身衣裳就出來，今日招親宴在聖凌教中，妳隨我一同下山。」

唉……師父又為難自己了。

師父給的衣服一身白，我在銅鏡前照了照，覺得這衣服和前幾年聖凌教某個堂主去世時，大家穿的衣服差不多，不過也不難看。我提了衣裙，出門找師父。

師父見了我，先是一怔，眉頭又皺了起來。「不許笑，裝什麼嫵媚！」

我乖乖抿了唇。他又皺眉。「別裝出一副成熟的模樣。」

我很委屈。「我沒裝啊。」

「別吵！不許露出可憐兮兮的表情！」

我閉了嘴，有些不知所措地望他。師父捂了臉，一聲長嘆。「罷了……下山吧，下山。」

我跟在他身後埋頭走路，只聽見師父在前面捶胸口自言自語。

「我怎麼了！我怎麼了！都是那個夢中人的錯，今日別讓我知道你是誰，看小爺不收拾你，不收拾你！」

我在師父身後，輕輕拉了拉他的衣角。「師父，你要是實在不高興，咱們今天就不下去了，我以後再也不在你面前提『夢中人』三個字了。」

師父腳步微微一頓。我仰起頭來看他，見師父側過來的臉上帶有些許訝異的表情。他好像不想讓我再看見他的神情，很快便扭過頭，又一言不發地在前面走。我拽著他的衣角在後面跟著。

就像是一個小尾巴……

忽然一隻溫熱的手包住我拽他衣角的手，只聽師父的聲音在微涼的空氣裡響起。

「我沒有……對妳生氣的意思。」他牽著我走過下山的青石道：「妳不用害怕。」

我盯著師父的手，如此輕易地便安下心來。

聖凌教已經布置妥當，師父牽著我進去的時候，我看見的幾乎都是女教徒，她們嘻嘻哈哈地對我道喜稱賀。

路過庭院，我看見有男教徒在打掃落葉，腳步不由得停了一停。「相公啊……」真好啊，聖凌教裡的粗活都是由男人來幹，風雪山莊裡要是有個男人就好了……

當然，師父是凌駕於男人和女人之上的另一種存在。

我這腳步一停，師父的腳步也停了停。當我再回過頭來看師父時，不知為何，他又青了臉。

我眨著眼，完全無法理解師父這說來就來的脾氣。

師父帶著我走上了聖凌教中一方兩層高的閣樓，閣樓有個陽臺，能直接看到下方平坦的場地。素日裡，聖凌教的教眾便在此處比武練習。

今日被清了場，說是供我挑選夫婿之用。

我與師父站在陽臺上，沒一會兒，下方的男教徒皆站出來，一一列隊站好，就連廚房殺豬的大叔也流著滿頭冷汗站在下面。他們看起來都不大情願，就像是每個人都在胃疼，疼得連頭都抬不起來。我放眼一望，幾乎只能看見黑黑的腦袋瓜子。

有人端了把太師椅過來給師父，他坐下來，端了杯茶在手裡，看也沒看四周一眼，涼涼道：「好了，小祥子，妳總算等到今天了。挑吧，妳的夢中人在哪兒？」

我左右瞅了瞅，對師父道：「師父……你不高興我挑，我就不挑了。」

師父瞇眼笑了笑。「不好意思挑？好吧，那麼，你們自己來報名吧。」他對下面的教眾道：「我這養了十年的徒弟，你們誰想把她收了？」

下方的人把腦袋垂得更低，一陣靜默。

我眨了一會兒眼，心想，這麼多年了，居然沒有一個男子願意隨我回去做我的相公，我不由得有些惆悵地一嘆。我這一嘆，將師父嘆得冷哼一聲，他盯了我一會兒，呵呵笑了幾聲。

「好啊，你們也不好意思報名？」師父從身後人的手裡拿過一個紅色的球。「那今日咱們拋繡球可好？砸中誰便是誰。小祥子，妳可看著妳喜歡的扔。」

師父將紅球遞給我，我抱在手裡琢磨一會兒，輕輕一用力，又把球扔到師父懷裡。

師父渾身一僵，看著懷裡的球怔住了。我直勾勾地盯著師父道：「我覺得，我最喜歡的還是師父。」

全場靜默一會兒，下面響起了此起彼伏的舒氣聲，背後伺候的人更是「噗」的一聲笑出來，而師父在越發嘈雜的環境中，慢慢漲紅一張臉。

「大……大……大逆不道！」師父猛地站起身來，一把捏住我的臉。「妳膽肥了，居然敢調戲小爺！」

「掉了、掉了。」我看著那個紅球滾到地上，又慢慢滾出陽臺的木柵欄，落向下面的場地。下面的人一時均作鳥獸散，紅球落到地上彈了兩彈，骨碌碌滾到場地中間，而此時，離它三尺之內，已沒人了。

「啊……」我有些失落地垂了眼。「原來大家都這麼害怕做我的相公啊，大家都這麼嫌棄我笨啊。」

捏住我臉頰的手微微一僵，師父道：「誰敢！」他聲音一頓，又輕咳道：「不是這個原因。」

我抬頭望師父。「那為什麼沒人要做我的相公？」師父張了張嘴，還沒說話，忽聽天外飛仙一般傳來一個熟悉的聲音，是那個在夢裡常常出現的紫衣男子。

「阿祥姑娘，我願意的。」

我轉頭一看，紫衣男子衣衫翻飛地踏空而來，他躍過眾人，慢慢走到紅球旁邊，白皙的手將地上的球撿起來。他拍了拍球上沾到的塵埃，望著我笑了。「我努力讓妳過好日子來了。」

「夢中人？」我呆怔著呢喃，不敢相信他真的出現在現實之中。在夢裡，我從來看不清他的臉，現在將他看清了，才恍然記起來，這可不是一年多前，與我一同被捕妖人捉了的那個男子嘛！

「紫輝！」我有些驚喜地喚出來。那時與師父走了，後來便不知他的死活，現在見他活得挺好，我便也高興起來。

「哦，夢中人？」師父突然開口，語調奇怪地往上一揚。

我心底莫名一顫，小心翼翼地轉頭看了師父一眼，只見他唇角揚起陰惻惻的弧度，瘮人地笑著。

「呵呵，原來如此，原來如此，千算萬算沒算到竟是聖凌教外的人啊。」師父斜眼看我，眼中的戾氣讓我沒出息地抖了抖腿。他捏了捏我的臉，笑道：「出息啊小祥子，這一年多以來，妳是在哪兒與這傢伙神不知、鬼不覺地勾搭在一起的？」

師父這副癲狂的模樣讓我有些害怕，我抖著嗓門老實答：「在床上睡著的時候。」

捏著我臉的手猛地一鬆，師父的表情空白一瞬。「妳……你們，都已經生米做成熟飯了？」

「沒有米也沒有飯，我只是在夢裡見了見他，偶爾說說話。」我連忙解釋：「我只給師父做過飯，別的人都沒有，師父你別氣。」雖然我確實不知道給別人做一頓飯到底有什麼好氣的，不過師父總是莫名其妙地發火，我便懂事地讓他一讓好了。

聽了我這話，師父回過神來，臉上的神色又沉了沉。「入夢術。」師父望著下面的紫輝，冷笑道：「兄臺為了我這傻徒弟，著實煞費了一番苦心啊！」

「一年前相別，在下對阿祥姑娘日夜掛念。」紫輝臉頰有些紅，他輕聲道：「在下左思右想，覺得唯有這個法子才不大唐突，布陣施術、離魂入夢雖有些風險，但為了阿祥姑娘，不管做什麼都是值得的。」

我眼睛一亮，全然被最後這句話引去心神，彷彿看到了日後有個男人在風雪山莊裡忙來忙去的美好場景。我痴痴地望著紫輝，充滿期冀。

師父手下扶著的木頭柵欄「咯吱咯吱」響著，像是快被捏碎一般。忽然間，師父將我一拽，我只覺眼前光線一暗，是師父的背影擋住我所有的視線。我聽得師父聲音沉悶道：「死了這條心吧，小祥子不嫁聖凌教以外的人，你哪兒來的回哪兒去。」

說完，師父將我一拽，牽著我便往閣樓裡面走。

我有些不捨地回頭望紫輝，忽聽他在外面大聲喊：「師父此舉是否太獨斷專行了？阿祥姑娘如今已經及笄，而聖凌教中無人想娶阿祥姑娘，師父用這種理由將阿祥姑娘留在身邊，可有考慮過如此是否會耽誤阿祥姑娘的終身大事？」

師父腳步一頓，停了下來，他深深呼吸，不知在壓抑著什麼。

紫輝的聲音不停，又道：「在下秉著一顆真心來求問的是阿祥姑娘的意願，師父即便是再不待見在下，是否也該先問問阿祥姑娘的意思？畢竟，她只是你徒弟，你並不能決定她的一生。」

手被師父握得疼痛，我忍了忍，終是沒忍得住，小聲喚了出來：「師父……捏痛了。」

周圍靜得嚇人，閣樓裡還有服侍的人，此時都如同死了一般，連呼吸的聲音都聽不見。師父沉默許久，終是鬆開我的手。他轉過身來，神色晦暗地看了我一會兒。「小祥子，妳說，這個叫紫輝的，妳要，還是不要？」

「我……」我為難地將師父看了又看，最後下垂著腦袋道：「師父不想讓我要，那我就不要了。」

我盯著腳尖看了許久，始終沒聽見師父吭聲，好奇地抬眼看了師父一下，才發現他眉頭皺得死緊，緊抿的脣角和微白的臉色像是被人狠狠抽了一巴掌一樣。

「師父……」

「我問妳，妳是不是想嫁他？」

「師父不想讓我嫁，我就不嫁。」

「不是我的意願，只是妳。」師父像是陷入執念，緊緊盯著我問：「妳想不想嫁？」

我望著師父難看的臉色，有些著急地想上去拽他的手。我想說：師父，咱別做為難自己的選擇了好嗎……

但不給我開口的機會，師父兀自點了點頭。「好，妳想，就隨妳。」他轉身離去，冷冷扔下一句：「自己把人帶回風雪山莊去安排。」

我追在他身後走，剛下閣樓，師父一看見迎面而來的紫輝，忽然壞脾氣地衝我吼：「不准跟過來！」

我腳步一頓，老實站在原地，心裡卻不由得害怕起來。師父生氣了，他又扔下我了。

「阿祥姑娘。」紫輝與師父擦肩而過，他走到我面前，臉頰還帶著紅。「不好意思，昨晚聽見妳那般說，我有些心急了，今天來得倉促，阿祥姑娘妳別氣。」

我目光追隨著師父漸行漸遠的背影，紫輝的話從左邊耳朵進來，便一溜煙地從右邊耳朵跑了出去。

「阿祥姑娘？」一隻手在我面前晃了晃，我眨著眼，目光終於落在紫輝臉上。我絞著手指，有些不滿。「我們說好了不再見的。」

紫輝愣了一愣。「抱歉，不過我始終壓抑不了自己，我覺得還是得來試試……」

有一個人這麼願意做我相公，我心裡還是高興的，不過師父不願意……頭上一暖，是紫輝摸了摸我的腦袋。

他道：「師父現在不願意，約莫是不大放心將妳交到我手裡，等日後相處的時間一多，我相信他會看見我的真心，都會好的。」

我埋頭想了一會兒，覺得他這話在理，心裡稍稍安定下來。

轉眼瞅見了他手上的紅球，我伸手指了指。「這個是給師父的，你還給我吧。」

頭上的手掌微微一僵，我抬頭，見紫輝笑得溫暖。「好，給師父。」

我接過紅球，對紫輝道：「我帶你回風雪山莊，今天，你先把院子掃了吧。」

「……好，掃院子。」

第六章

私奔是沒好結果的

當晚，我沒等到師父回風雪山莊。

我抱著膝蓋在山莊大門口坐了大半夜，深夜寒涼的山風像是從我的骨子裡颳出來的一樣，透心的涼。漫天星斗在我頭頂旋轉而過，我呆呆地盯著山莊門前往下延伸的長長青石階，盼著師父的身影在不經意間出現，然後捏著我的臉吼我回屋睡覺。

可師父一直沒出現，我倒是將紫輝等來了。他替我披上一件衣裳。

「回去睡吧，我替妳守著，等師父回來了，我就去告訴妳。」

我固執地搖了搖頭。紫輝便不再勸，在我身旁坐下來，陪我一直望著下面長長的青石階。

「紫輝，你為什麼很想做我的相公？」閒來無事，我開口問：「聖凌教裡的人，我與他們那麼熟，他們都沒一人願意。」

「嗯，大概是因為我喜歡妳比害怕妳師父更多一些。」

「為什麼喜歡我？」

紫輝頓了一會兒，接道：「妳猜猜。」

「我笨，猜不出來。」我把腦袋放在膝蓋上，睡意襲來，眼皮一眨一眨地要闔上。我老實道：「我總覺得你的眼睛怪怪的。」

「嗯？」身旁的人彷彿有些怔怔。「哪裡怪？」

「不知道，可是，我就覺得……你心裡大概是不願意做我相公的。」我閉上眼，腦袋往旁邊一偏，搭在一個厚實的肩膀上。「其實……你不願意就算了……我不強求。」

身旁的人沒再吭聲，我也慢慢沉入睡夢之中。

第二天一早，我聽見「沙沙」的掃地聲。迷糊地揉了揉眼，我定睛一看，卻是紫輝拿了把掃帚正在打掃山莊門前的青石階。

空氣中飄散著一股奇怪的味道，我隱約記得廚房殺豬的大叔曾經告訴我，這是酒的味道。酒是種很奇妙的東西，可是大叔卻從不讓我碰，說是女孩子喝了會變成瘋子。

我想我現在雖笨了點兒，但還是有理智的，若碰了這種東西，變得又瘋又傻，到時候師父才是真的會不要我了，所以我一直對這種東西敬而遠之。

風雪山莊裡沒有酒，我撓了撓腦袋，奇怪地問：「紫輝，地上怎麼會灑了酒？」

紫輝抬頭看我，笑道：「方才師父回來了，見我倆坐在門口，他約莫是腳滑了一下，將手中酒罈裡的酒灑了些出來。」

「師父回來了！」我耳朵裡只聽進這句話，別的都變成了雲煙。「在哪兒？」

「現在約莫回房間了吧……」

不等他話音落，我猛地站起身來，拔腿便要往山莊裡面跑；可蜷著腿坐了一夜，這猛地一起身，我腿腳一麻，眼前一黑，便重重地摔在地上，鼻梁也狠狠撞在地上，嘩啦啦流了一地的鼻血。

腦袋暈乎乎，我的視線一時有些模糊，只聞耳邊紫輝一聲又一聲驚慌失措地喚：「阿祥姑娘，阿祥姑娘！」

「沒事。」我堅強地撐起身子，抹了把臉，看見一手的鼻血，一時也有些被嚇住了。

正無措之際，紫輝將我扶起來，他用他的衣袖替我擦了臉，也不嫌髒地幫我捂住鼻子。「還有哪兒摔著了？」

我仰著頭，聲音悶悶道：「沒了，皮厚。」

紫輝看了我一會兒，忽然搖著頭笑出聲來。「真是……太笨了。」

這是句實話，我否認不了，只有望著天沉默。

紫輝替我捂了一會兒，稍稍鬆開手，他湊近我的臉，仔細地打量好半晌才道：「嗯，不流了。」他扶著我站起身來，摟著我的肩輕聲問：「可要回屋？」

我瞅了瞅他放在我肩上的手，有些不自在地扭了扭。「嗯，我要先去找師父。」說著，我跑開兩步，想了想又回頭對紫輝道：「謝謝相公！」

紫輝一怔，還沒來得及做任何表示，我又轉身跑開，滿山莊尋找師父去了。

翻遍了風雪山莊，我卻沒看見師父的身影。我撓頭自語。「紫輝騙我啊，師父明明還沒回來。」哪兒想這話音還未落，忽見一個陶罐從天而降，「啪」的砸在地上，碎了一地，酒的味道又隨風散開。

我嗅了嗅，覺得與在山莊門前聞到的味道一樣。我往後退了幾步，仰頭一望，見師父坐在青瓦屋頂上，手裡還提著一個酒罐，面無表情地看著我。

我興高采烈地衝他招了招手，左右看了看，將放在牆角的長梯搬過來，搭在屋簷邊，抖著腿地爬上去。

「師父！你怎麼在這兒？」

師父陰陽怪氣地回答我。「站得高，看得遠。」

我小心翼翼地走到師父身邊坐下，盯了他一會兒，見他沒有發火，這才問：「師父昨晚怎麼沒回來？」

他看也沒看我，直直地盯著遠方道：「我不回來不是挺好的嗎？妳與妳那相公相處得可好？」

聽他這樣問，我連連點頭。「很好、很好。」我伸出手指頭，正準備告訴他我使喚紫輝幹了些什麼事，還沒開口，師父忽然伸手猛地一拉，將我拉得身子一歪，毫無準備地在屋頂上躺下。

師父趴在我身上，遮天蔽日一般擋住我所有的光線。

屋頂的青瓦掉下去幾塊，碎得清脆。

我眨了眨眼睛，望著師父有些泛紅的眼，嗅到他一身的酒氣，有些驚慌。「師父，你怎麼了……不是說只有女孩子碰了酒才會瘋嗎？」

「瘋……」師父瞇眼呢喃。「我大概真是瘋了。」他冷冷笑著。「上一世便罷了，這一世……這一世……這渾蛋李天王，你不是說喜歡小媳婦追相公嗎！」

「師父？」他又說我聽不懂他的話了，我推了推他的肩，覺得我在下、他在上的這個說話方式太過於壓迫。「咱們起來說。」

「起來？」師父語調往上一揚，眼睛瞇得危險。「妳與那紫輝面對面時，可有叫他起來？」

「我們沒這樣說過話。」

「哦？沒有。」師父往身後一指。「那方才是我白日裡瞎了眼，才看見你們摟摟抱抱地湊作一堆？」

我順著他指的方向一望，看見山門那邊，紫輝正拿著抹布將我滴在地上的那攤鼻血抹淨。這處確實高，看得也確實遠。我眨著眼道：「方才是我摔了，紫輝扶我。」

「扶妳。」師父眉一挑，不知為何，他這兩個字說得讓我心口莫名一緊。「那我便也扶妳一把可好？」

「……好……」

脣上一軟，師父的脣帶著酒氣浸染了我的思緒，我全然呆住，忽覺下嘴脣猛地一痛，是師父將我狠狠咬了一口。我很是委屈，待師父放開我之後，我立即捂了嘴，道：「師父這不是在扶我，是在咬人。」

我話音還未落，便見師父忽然之間變了臉色，他捂著嘴，好似被咬的人是他一般，震驚地凸著眼。

他直愣愣地站起身，晃著身子退開幾步，忽然腳下一滑，整個人骨碌碌滾下屋頂。我大驚，連忙爬了梯子下去，可一落地便沒再看見師父的身影，只留一地碎瓦，帶著些許倉皇的意味散得零碎。

師父又消失了一整天，直到傍晚，我與紫輝做好飯，師父才神色憔悴地進了屋來，他二話沒說地在我與紫輝中間插了個位置坐下。

我見師父面色不好，便不敢開口說話，替他擺好碗筷，乖乖地在一旁坐下來。

倒是紫輝隔了老遠夾了塊肉放進我碗裡，頗為熱情地道：「阿祥今日辛苦了。好好吃肉。」

我點了點頭，埋頭啃肉。今天脣上被師父咬了個血窟窿，溫熱的肉燙在傷口上，我一個哆嗦，直接把肉吐出來。一抬頭，見師父與紫輝都望著我，我捂了嘴，含糊地說：「燙到了。」

師父輕咳一聲，扭開頭。紫輝看著我，一直瞇眼笑。「如此，便先吹涼些再吃吧。」說著又夾了塊肉給我。

我老實埋頭吹肉。

晚餐吃到一半，紫輝又開口了：「阿祥，妳我既已訂下婚約，那這婚期訂在何時？」

「卡答」一聲，師父將碗放下，不大的聲音卻讓我神經一緊。我望著師父，師父打量著紫輝，紫輝像是不要命一樣又道：「說來，婚事之中還有些許繁雜之事，比如說要邀請妳我父母前來證婚。」

師父身子微微一僵，臉色沉了下來。

我眨著眼望著師父。

紫輝在耳邊唸叨：「實在慚愧，在下年少時便失了雙親，而今隻身一人，不知阿祥姑娘父母可還健在？若是可以，能否請他們前來？婚姻大事，有長輩的祝福自然是好的。當然，師父應是主婚人的不二之選……」

「夠了。」師父開口打斷紫輝的話，他聲音清冷道：「我不管你是何人，不管你有何目的，我且告訴你，小爺的耐性已耗盡，識相的今日便滾，小爺不與你計較，你若還想留下……」

師父頓了頓，手指在桌上輕輕敲了敲。「我不介意多顆石頭來墊桌腳。」

紫輝卻也不退縮，淺淺笑道：「師父這是在威脅在下。」

「不，是通知你。」

我來回望了望他們兩個，開始聽不懂他們的對話了。

「師父何不問問阿祥姑娘的意思，畢竟這婚約是順著阿祥姑娘的意願訂的，師父先前也點頭答應了，如今毀約……」

「小爺我就是要毀約。」師父身子往後一仰，靠在椅背上，輕蔑地打量著紫輝。「你倒是打我呀。」

「師父。」紫輝微微瞇了眼。「你為何就是不想讓阿祥姑娘討個相公回來過好日子呢？」

這話我聽明白了，原來紫輝是在替我說話，在維護我！我本下定決心師父說什麼便是什麼，但聽紫輝如此一說，心裡的委屈便被勾了出來。又要使喚我，又要欺負我，還不准人幫我忙，回頭還給我臉色……動不動就拋下我。

一想到這些，我便忍不住盯著師父，哪兒想，師父卻是一聲冷笑道：「我就是不讓她過好日子又如何？你也別再說小祥子的意願，小爺還就告訴你了，我的意願便是她的意願。」

師父拽了我的手，將我拉起來。「小祥子，送客。」

我垂頭不語。

周遭靜了一會兒，我委屈地低聲道：「師父……我還是有自己的想法的。」

師父的手一鬆，似壓抑著大怒，又似不敢置信道：「妳……竟是鐵了心要嫁他！」

「我只是……」我絞著手指。「我只是覺得師父方才那話說得不對。」

「阿祥姑娘。」

我正與師父爭吵著，不知何時，紫輝竟走到我的身邊，他將我的腰一攬，瞬間便離了師父三步遠。

師父臉色一白，神色倏地狠戾起來，他身形一晃，向我抓來。

我正茫然之際，忽聽紫輝在我耳邊輕輕道：「既然師父不理解我們，我們便私奔吧。」

我駭然，轉頭見紫輝一臉輕笑。

師父的手還未觸碰到我的臉頰，我只覺腦袋一暈，師父陰沉的聲音在我耳邊越來越遠。

「小妖找死！」

眼前一黑，我失去了知覺。

「私奔……是沒有好結果的！」

我醒了之後，對紫輝說的第一句話便是如此。我緊緊拽著他的衣襟，一臉嚴肅。

「聖凌教廚房殺豬的大叔曾告訴過我，他以前村裡有個寡婦與人私奔了，後來被抓回去浸豬籠了。」我心裡害怕師父也將我抓回去浸豬籠，連屍骨也找不到。

紫輝盯著我愣了好一會兒，倏地笑了出來。「既然如此，我們不私奔不就好了？」

「好。」我立即點頭。我此時心裡對師父雖然還有些許埋怨，但從沒想過從他身邊離開。「我們回去和師父認錯。」說罷我抬腿便要走，卻被紫輝拽住手。

「妳若是要從此處走回聖凌教，可得花大半個月時間呢。」

我大驚。「我竟睡了大半個月！」

「非也，阿祥不過才睡了一夜。」紫輝道：「想來妳也是知道的，我乃石頭煉化成精，並非常人，這縮地成寸、日行千里的功夫也是我練的一種法術罷了。」

我點頭表示理解。「這樣就更好了，我們再縮一次回風雪山莊。」

「阿祥妳看先前師父那樣，如果我們回去認錯，師父可會承認咱們的婚事？」

我想了想，有些頹然地搖了搖頭。「可是咱們還是不該私奔的。」

「當然。」紫輝笑道：「私奔是因為沒有經過長輩的同意，若是我們能徵得父母的同意，師父便是心裡再不願，也定不會再說什麼了。」

我眨著眼想了一會兒，覺得紫輝這話確實說得有幾分道理；可幼時的記憶早已模糊不清，我已記不得家在何方，也記不得爹娘的模樣了。

紫輝頗為奇怪道：「這麼多年來，阿祥就未曾想過要回家見一見父母？」

我撓了撓頭。「有想過，可是師父說我爹娘將我託付給他，讓我沒學好術法便不要回家。這麼多年來，我的術法一直沒學好，所以便不敢回家，後來我覺得有師父陪著挺好，便也收斂了心思。」

紫輝若有所思地盯了我一會兒，垂下頭小聲呢喃。「如此……妳師父著實混帳了些……」

「什麼？」

紫輝笑了笑。「沒什麼，只是我沿路探聽了一些消息，大抵知道阿祥家怎麼走。我們先走走看吧，停在這裡也不是辦法。」

我點了點頭，也沒多想，老實跟在他身後。

沒走多久，沿途的景色慢慢開始讓我覺得熟悉起來，我高興地拽了拽紫輝的衣袖。「沒錯、沒錯，好像是這條路！」我加快腳步，難掩興奮地小跑起來。「應該不遠了，繞一個彎，就能看見一條小河，一直『叮咚咚』響著，跨過河上的小橋，便是我家大門，門前有威風的石獅子……」

繞過彎，看見小河對面破敗的府門，我愣了一愣，又呆呆地往前走幾步。

「不對啊。」我一邊走一邊呢喃：「小河沒這麼窄，橋也沒這麼小，門前的石獅子可比這兩個要威風多了。」

跨過小橋，我站定在府門前，書寫著「楊府」二字的牌匾殘破地掛著，大門緊閉，封著官府黃色的「禁」字條。

我呆住，腦子裡空茫茫的一片。

「阿祥。」紫輝喚了我一聲，又摸了摸我的腦袋。「興許是我找錯地方了……」

他話音未落，旁邊急匆匆路過一個男子，見了我與紫輝，那人奇怪地道：「哎唷，兩位，你們怎麼停在這裡？快些走吧，這兒可是出了名的鬧鬼之處。要不是上山採藥必過此路，打死我也不會過來。」

我猛地反應過來，轉身便撲過去，緊緊拽住那人的手。

那人嚇得不輕，連連驚呼：「姑娘妳做甚？妳做甚？莫不是被厲鬼上身了吧！」

「你……知道這裡是哪兒？」

「楊……楊府啊。」

我像是抓住救命稻草一樣問他：「你知道，這裡以前住的什麼人？」

「一個經商的人家，姓楊，早在十年前便被仇家屠了滿門。」

我手一鬆，腦袋有些暈乎，身後有隻手撐住我的背脊，我才勉勉強強能站直身子。我呆呆問：「什麼叫……屠了滿門？」

那人打量我一會兒，嘆了口氣道：「妳是這家人的遠親吧。十年前，不知這楊家得罪了何人，一府三十餘口一夜間全被滅口，聽說他們的仇家僱了江湖上鼎鼎有名的聖凌教殺手來殺人，那些殺手來無影、去無蹤，半點痕跡和證據也沒留下，官府也無從查起，這便成了無頭案，委屈了楊家那幾十條怨魂啊。」

「聖……凌教？」我覺得是我耳朵出了問題，我使勁掏了掏耳朵，又問：「你再說一遍？」

那人感到奇怪地看了我一會兒。「聖凌教啊。哎，小姑娘，那些江湖神祕教派的事不是咱們清楚的，妳這遠親也別探了，別連累了自己。」

我狠狠掏了掏耳朵，幾乎有些急迫地抽了自己兩巴掌。

紫輝將我的手拽住。「阿祥！」

我將自己抽得耳朵嗡嗡作響，可卻半點沒感覺到痛，還是呆呆地問他：「你說聖凌教？」

那人嚇呆了，一邊往後退，一邊自言自語：「還真魔怔了……」

「你說的是聖凌教嗎？」我大聲問，正準備追上去，紫輝卻一把將我抱住，我只能看著那人倉皇逃去。我怔怔地推了推紫輝。「你拽著我幹麼呀，我還沒問清楚呢。他說是聖凌教屠了……這家……這家滿門，可是、可是，護教伯伯、堂主姊姊，還有廚房殺豬的大叔，還有師父，他們……」明明那麼好。

我喉頭一哽，說不下去，只因腦海中陡然閃過的畫面。

那一天，我從水缸裡爬出來，看見遍地的鮮血和黑衣人的大刀，閃著寒光的刀刃上溫熱的血滴落在我臉上。恍惚間，那灼痛的感覺彷彿穿過十年的迷霧，清晰透澈得宛如昨日發生的那般，燒得我鑽骨得痛。

我捂住臉，思緒混亂。

「阿祥，今日我們先離開吧。」紫輝拍了拍我的背道：「妳現在需要休息。」

我推了推紫輝，手有些顫抖。「不對，我要回家。」離開紫輝的懷抱，我腿微微發顫，一步一步慢慢走向大門。我撕掉官府的封條，用力推了推門，可是塵封的大門卻紋絲不動。

我拍著門，喊：「娘……」話一出口，聲音卻嘶啞：「我回來了。」幼年的記憶像是破開迷霧的陽光，昏黃地照在殘敗的大門上，把門上的斑駁盡數抹去，變得光鮮一如往昔。我用力拍著門。

「開門啊！」

「開門啊……」

大門上的灰落了我一臉，紫輝拉住我的手，幾不可聞地嘆息一聲：「我來吧。」

他手放在門上，輕輕一用力，老舊的大門「吱呀」一聲響，緩緩打開。

繞過門後的一字影壁，一眼便望見大廳，裡面的擺設與記憶中分毫不差。我走進去，低頭望了望地上暗紅的痕跡，又抬頭看著大廳。那一日，師父高高在上地站著，將我帶回聖凌教。

師父永遠都是高高在上的，讓我不敢有半分不敬，可是，我這樣尊敬的師父卻……

我甩了甩頭，想把所有紛雜的聲音從腦海裡拋出去，可是晃著晃著，臉上卻變得溼漉漉的。我抹了一把臉，沒一會兒，淚水又流了下來。我站在大廳中央，無聲無息地、一遍又一遍抹著眼淚，直到紫輝拍了拍我的肩。

「阿祥，莫哭了。」

「我沒哭。」我道：「只是……沒辦法讓眼淚不流出來。」

紫輝一聲嘆息，還沒來得及說話，忽然側身一躲，連連退開兩步，「啪」的一聲鞭響在我耳邊炸開。

我嚇了一跳，轉眼一看，師父一襲白衣飄飄，落在大廳外，通體赤紅的鞭子捏在手上。

他冷著臉，眸色森冷地盯著紫輝。「念在你身為玉石，萬年修行得道不易，我本打算放你一馬，你卻不知好歹，處處挑戰小爺的極限。」師父冷冷勾了勾唇角。「既然你存心找死，我便承了你的願，可好？」

紫輝沒有說話，我知道紫輝定打不過師父，一個心急，竄到紫輝身前，伸出手將他護在身後。我盯著師父，見他面色一白，如同被誰抽了一巴掌一般。

「小祥子。」師父微微瞇著眼。「妳擺出這副架勢，可是為了護妳『相公』，要與我打一架？」

他語調輕佻，可我卻知道師父是真動了怒。此時我心緒也雜亂不堪，只搖了搖頭，不知該說些什麼。

師父面色稍霽，他伸出手，像以前喚我回去那般輕輕一招。「過來。」

而在此時此地，我卻怎麼也邁不出腿。師父也不急，一直攤著掌心等我抓住他。我定定地望了師父一會兒，喉頭一動，脫口道：「師父……我爹娘……」

師父眉頭一皺。「此間事宜回去再與妳細說。」

看著師父的眼睛，我卻不由自主地打起寒顫。身後的紫輝輕輕扶住我的肩，輕聲道：「阿祥莫怕，有我在。」

師父手中赤鞭一緊。「你有什麼身分？」

「師父。」頭一次，我大逆不道地打斷他的話，質問一般開口：「我爹娘，是師父殺的嗎……」我直勾勾地盯著師父，不敢眨眼，他卻一直沉默著，沒有說出反駁的話。

「是師父嗎？」話一開頭，我自己倒先哽咽了起來。「是師父嗎？」

知他的沉默便是承認，我的世界坍塌得一塌糊塗。

「小祥子。」師父聲音有些沙啞。「很多事妳不明白，待回去我都可以與妳說明。可今日，妳卻斷不應倚在這妖怪懷裡，他不是個什麼好東西。妳過來，我們先回去。」

我搖頭，只想拿個東西將他打走，我不管不顧地拔下頭上的髮釵，狠狠向他砸去。「師父騙子！大騙子！你走開！」頭髮散下，亂成一片，貼在我滿是淚水的臉上，我不知自己到底會狼狽成何種模樣。

淚眼模糊中，我全然看不清師父的臉，只知他如同呆住了一般，站在原地半分也未動。

肩上的手一緊，是紫輝將我抱進懷裡。他拍著我的背，道：「師父不肯走，我們便先走一步吧，現如今，你們相見不如不見。」

我一個勁地點頭，鼻涕、眼淚把紫輝胸膛的衣裳都沾溼了。這次師父有沒有來拽我，我不知道，但耳邊再沒有聽見他咬牙切齒的聲音了。

石洞之中，水聲滴答作響。

「這是哪兒……」我坐在石頭上不停抽噎，紫輝蹲在我身前，給了我一塊方巾。

「算是我家吧，阿祥莫要哭了。」

我扯過方巾擦了眼，哽咽著說：「我雖然笨，但還記得幼時爹娘對我的好，師父、師父明明也那麼好……可他為什麼要殺了我爹娘？又為什麼要騙我？」

紫輝沉默了一會兒才道：「阿祥，妳如今定是不能再回聖凌教了，接下來妳有什麼打算？」

「我……沒有打算。」我搖了搖頭。「我打了師父，師父不會再要我了，我也不想回聖凌教了。家……家也回不去。我……不知道。」

紫輝牽了我的手，靜靜地望著我。在他幽黑的眼眸裡，我似看見了一絲紫光滑過。

「如此，阿祥以後便跟著我一起生活好不好？」他伸手摸了摸我的臉，我卻莫名覺得有些不適應，剛想要躲，他的手便識趣地離開了。「妳做我的妻，我會比妳師父對妳還要好，不會騙妳也不會拋下妳。」

我看了他好一會兒。「可是，師父始終沒同意……」

紫輝愣了一愣，隨即笑道：「師父？傻姑娘，他屠了妳滿門，妳卻還要認他作師父嗎？」

我的眼淚又「啪答」落了下來。「不可以認了嗎？」畢竟，師父對我一直是那麼好。

「對啊，結下血海深仇，哪裡能再為師徒。」紫輝緊緊握著我的手，像是誘惑一般說道：「我會娶妳，代替妳師父來對妳好。妳可願意？」

我看著淚水一滴一滴地砸在手背上，然後點了點頭。

紫輝笑了，他站起身來，摸了摸我的頭。「阿祥真好。只是我家族有規定，凡嫁入我族者，都必食一種湯藥，使其身體更適合與我族一起生活，阿祥要喝嗎？」

我機械地點頭。紫輝離開了視線，不一會兒便端著一碗紅色的湯藥回來。我也沒有懷疑，仰頭便喝進去，溫熱腥甜的感覺，就像是喝了一大口鮮血，讓我說不出的胸悶。

紫輝拍了拍我的頭，一臉欣慰，他指著一旁的石床道：「妳這兩天想來是累極了，先去躺會兒吧。」

其實我並不想睡，但是聽了紫輝這話，不知為何，腳卻像是有意識一般，自己走到床邊，乖乖躺下去。我闔上了眼，世界一片黑暗，腦中雜亂不堪，堆滿了聖凌教和風雪山莊，還有師父或笑或怒的臉……

我想以後我再也見不到那樣的師父了。

做了紫輝的新娘之後，我便在這處石洞中安定下來。

我不願意踏出這一方閉塞的空間，如同外面有張牙舞爪的妖怪，時刻想要吃掉我。我變得很懶，這裡沒人讓我洗衣疊被，沒人使喚我打扇翻書。紫輝常常不在，我整日在石床上一坐便是半晌，也不知外面時日。如此隨興的生活，可我並沒有覺得日子過得悠閒輕鬆，就像是有塊石頭一直壓在心頭，悶悶的，喘不過氣來。

這日紫輝回來，我與他抱怨這山洞空氣不好，讓人心悶。紫輝愣了愣，笑道：「抱歉，我缺了一顆心，不懂什麼叫心悶。」

「心？」我不解。「可是每個人都有啊，在這裡。」我給他比劃，想到這還是以前師父教我的東西，我又是一陣惆悵。

「嗯，我知道。」紫輝仍舊瞇眼笑著，可神色變得有些恍惚。「我以前也有過，可是沒有珍惜，把它給別人了。」

「心還可以給別人嗎？」

「常人不行，妖魔神仙卻是可以的。」紫輝脣角的弧度拉直，聲色有些清冷：「以這四者之心入藥，可製成極好的靈藥。」

我驚了一驚。「別人把你的心拿去做藥了？」

紫輝沉默了一會兒，倏地冷冷一笑，似嘲似譏。「不是，是我自己把它掏出來，拿去送給別人做藥了。」

他說得那麼輕描淡寫，我好奇地走近他，戳了戳他的胸口。「裡面是空的啊，痛不痛？冷不冷？」

等了許久也沒等到紫輝的回答，我抬頭望他，卻見他有些呆滯地望著我，隔了好一會兒才摸了摸我的頭，帶了些苦笑道：「傻姑娘。」

忽然之間，紫輝眼珠轉了轉，他的笑容微微一斂，變作往日的模樣。他牽著我到床邊坐下，手掌在我腦袋上輕輕一拍。

「休。」他只說了一個字，我便覺得眼前一黑，五感盡失。

不知過了多久，我又奇怪地覺得眼前一亮，還是這個石洞，我依舊坐在石床上，紫輝站在我身邊，只是眼前多出了一個人。看見他，我渾身一顫，直覺想上前抓住他，但不知為何，我竟半點也動不了。我害怕地想開口說話，可是連脣也張不開，身子如同被定死了一般。

「恭候初空神君多時。」

「你把她怎麼了？」師父盯著我，眉頭緊皺。

「神君莫憂心，她不過是被我暫時封閉五感，感知不了外界而已。」

「直說吧。」師父的目光從我身上轉開，寒涼地開口：「你費盡心思來誘惑我這蠢徒弟，到底想要什麼？」

「半仙之心。」

我駭然，紫輝他……他竟想要師父的心！

「呵，小妖野心還不小。」師父的目光淡淡掃過我。「你憑什麼就篤定我會給你？」

「我不能篤定，不過是碰碰運氣罷了。我大抵能猜到神君下界應當是為了歷劫，於初空神君而言，這一世不過是一場劫數，你這一世的身體也不過只是個暫寄天地之間的軀殼。神仙對生死之事極為冷漠，而神君卻對這傻姑娘格外上心，我便賭上一賭，左右我也不過還餘一個月性命，也不怕得罪你。果不其然，即便阿祥那般對你，你還是巴巴地追來了。」

師父微微瞇眼，緊了緊手中的鞭子。「呵，這蠢徒弟你道我是真的希罕嗎？你愛將她殺了便殺了，愛將她吃了便吃了，我來，不過是想滅了你這大逆不道的石頭妖。竟敢算計小爺，魂飛魄散都不夠你還的。」

我莫名心安，可鋪天蓋地的寒涼接踵而來，像蛇一般將我纏緊，正茫然之際，忽聽紫輝笑了。

「我身體中殘餘妖力確實鬥不過神君，神君要殺便殺，我無可奈何。只是阿祥與我已結為夫妻，我以我的氣血接了她的氣血，她與我魂脈相通、生死相連，神君既然不希罕這笨徒弟，就讓她與我一同魂飛魄散了吧。」

「結為夫妻、魂脈相通……你們……」師父咬牙，手中的鞭子有些顫抖。

我感覺紫輝的手從背後攬過來，摟住我的肩，他在我身旁坐下，道：「神君你看，是今天便將我倆了結了？還是等一個月之後，阿祥陪著我一起魂飛魄散，永不入輪迴，徹底消失？如此可能消解神君的憤恨？」

師父沉默下來，眼神幽冷，顏如修羅。忽然，他一鞭揮來，狠狠抽在紫輝的臉上，而我卻莫名感到一陣刺痛，臉上火辣辣地疼，接著像是有血溢出，臉頰變得黏膩。

「這一鞭，神君抽得可不大用心呢。神君若不信我的話，大可將我殺了試上一試。」紫輝笑道：「我乃清修石妖，不能做陰損之事，不管是做我的妻子還是給我半仙之心，都要別人心甘情願，因為哪怕有半點強迫，於術法功效而言皆是巨大的損害。半仙之心能助我找回曾經失去的力量，我能變回不死的妖，阿祥也能長長久久地活著。事實擺在神君面前，要救要殺全憑神君處置。」

我緊緊盯著師父，心頭驚駭一陣大過一陣，忽見師父勾脣笑了笑，我呼吸一窒，聽他道：「很好，這梁子，小爺算是與你結下了。」

師父自鞭子的底部拔出一柄十餘寸長的刺刃，他反手將細窄的刀刃刺入他自己的胸膛。師父面色猛地一白，又像是不知道疼痛一般將刀刃往下一劃，我幾乎能聽見血肉撕裂的聲音。

我駭得失了神志，肩上的手微微一僵，彷彿也有些出乎意料。

師父竟在此時不鹹不淡地說道：「石頭妖，你以為小爺我是中了你的算計嗎？」他手腕一轉，面色又是一白，神色未變，額頭上卻已是汗如雨下。「不過是你運氣好，正巧碰著小爺運背的這些日子。以後若叫小爺碰見你……定教你生不如死。」

可是以後……哪兒來的以後？

我心神巨震，掙扎著想要喊出聲來，卻半點也動不了。

師父將刀刃一絞，胸口的血頓時浸透衣物，傷口擴大，我彷彿能聽見他胸腔裡的心跳聲。

從前我作惡夢後蹭到師父床上去，他說：「有我在，別人都不敢欺負妳。」那時我趴在他懷裡，聽到的聲音沉穩而安定，隔絕了外界的一切繁雜和不安。

師父……

師父身子一顫，微微彎了腰。我聽得一聲按捺不住的悶哼，鮮紅的血「啪答啪答」地落在地上。師父將手頭握住的紅色物什輕輕一拋，隨意得就像是丟了一顆不值錢的石子。「拿去……喀，小爺賞給你的。」肩上的手抽走，我目光轉動不了，只得呆呆地盯著師父，見師父也正望著我，他蒼白如紙的脣輕輕動了動。

「不准將今日之事告訴她，不准再與她提起我。這丫頭蠢笨至極，你多騙她幾次，她便什麼都會忘了。」

師父……不會的。

「為了一個傻丫頭搭上一條命，還不讓她記著你的好，你不覺得吃虧嗎？」

「喀……關你屁事，只是……」師父捂住心口，冷冷一笑。「你若不讓她長長久久地活得安好，我多的是機會讓你吃虧。」言罷，他身形一晃，扶著石洞的牆壁，挺直了背脊，艱難卻不失從容地往外走去。

胸腔中的熱度彷彿也被掏空，我什麼都來不及想，只覺得現在我應該陪在師父身邊，不管做什麼都好，不管我們之間隔著怎樣的血海深仇，我都應該陪著他，像以前那樣替他翻書打扇，為他洗衣疊被。

不知師父走了多久，頭頂一暖，是紫輝在我頭頂輕輕一拍，一個淡淡的「解」字，讓我渾身一鬆，像是瞬間被抽了骨一般。我周身皆軟，顫抖不止，看著地上那攤血跡，我鼻頭一酸，落下淚來。

「阿祥？」紫輝有些詫然。「妳竟……」他恍然大悟似地點了點頭。「妳與他在一起那麼久，定還是學了些仙家法術的，難怪能衝破封印。」

紫輝伸手來拉我。「無須太過執著於這一生一命，妳師父並非常人……」

我猛地拽住紫輝的手，狠狠地一口咬下，恨不得能將他的骨頭都咬碎。「你把心還給師父！你還給他！」我含糊不清地呢喃，嘴裡既有紫輝的血，又有自己的淚。

紫輝也沒有推開我，只輕輕道：「他應當走不了多遠，待會兒妳與我一道去將他葬了吧。」

他溫熱的血液滾入喉頭，這些日子以來慵懶的身子忽然間輕鬆起來。

師父……師父……我想不通什麼紫輝，什麼半仙之心，什麼血海深仇。但我知道師父現在一定很難過。他隻身一人，胸口空蕩蕩的，流了那麼多的血卻沒人照顧他。

我不再理會紫輝，站起身來，沿著石洞跑出去。

多日沒有走動，我感到眼前有些眩暈，跑出石洞才看得清這裡竟是一方荒石山崗，四周皆是懸崖峭壁，唯有一條小路蜿蜒著往山頂而去。路上落著鮮紅的血跡，我跟著追去，嘴裡模糊不清地喚著：「師父，師父。」

風淒涼地吹著，我繞過一個彎，攀上山頂懸崖邊，師父躺在那處，周身的血淌了一地。我只覺心口倏地緊縮，再也舒張不開，喉嚨彷彿被堵住，說不出話來，只能嗚咽一聲，跪到他身前。「師父……」

我抱起他的頭，指尖觸到一片冰涼。他那麼厲害，像是無堅不摧的英雄，為何此時卻成了這般蒼白脆弱的模樣？

師父緊閉的眼忽然動了動，睜了開來。他眼中閃過我看不明白的慌亂，隨即嘆息一聲，脣角動了動。「笨……」

「我笨！」我忙應道：「都怪我……都怪我！」

「蠢徒弟，鼻涕、眼淚都滴到我臉上……又髒又醜。」師父的手抬到一半，卻無力地放下去。

我牽著他的手，埋下頭，貼著他的手泣不成聲。

師父一聲嘆息。「十年前，屠楊府並非我意，不過三十餘人的性命確實是葬送在聖凌教手中，妳要怪我，便怪吧。」

「不怪。」我搖頭。「不怪，我這便與師父回風雪山莊，我還替你打扇翻書，還給你捶腿捏肩！我……我再也不要相公，我只要師父，我們回去，一起回去。」

「出息。」師父目光渙散，彷彿看穿了蒼穹，他聲音虛弱而微小：「我不是中了妖怪的算計，也不是敗給了妳……」師父咬了咬牙，彷彿能恨出血來。「我只是沒鬥過天命。不過……也罷了。妳救我，我救妳，上一世……這一世，我們……」

師父累極一般慢慢闔上眼。「扯平了。」

「我們回去，我們回去……」除了這句話，我再說不出別的。

山崖的風呼呼地颳，不只是師父，就連我的心也像是被掏出來一般，世界空成一片。

「阿祥。」

我抱著師父不知坐了多久，忽聽一聲呼喚，是紫輝尋了來。

他站在離我兩步遠的地方，靜靜道：「承了他一恩，日後我會替妳師父照顧妳，我會和他一樣對妳好，放開些。」

我恍惚地看他，又摸了摸師父空蕩蕩的胸口，迷糊地想，師父不是個好人，但是他對我的好，這世上沒人比得了。

再沒有誰能變成我的師父，再沒有誰能牽著我的手一起登上風雪山莊，我再也回不去……

我抱緊師父，身子往後一仰，山風在我耳邊呼嘯，天空離我越來越遠，一切都那麼迷離，只有師父已僵冷的身體還陪在我身邊。

我會等著他，一直等著他。

直到未來有一天，在某個陽光明媚的午後，透過裊裊的熏香，我能聽見他輕聲喚我。

「小祥子，過來。」

我閉上眼，世界一片沉寂。

鬼差替我套上枷鎖，黃泉路一步步踏過，每走一步都有一幕瘋狂的記憶撲面而來。

天界、冥界、月老殿、奈何橋、孟婆湯……

呵呵……呵呵……

初空，你好樣的！你果然好樣的！

第七章

掉入畜生道的二貨

黃泉路走了一半，還沒看見地府的牌坊，心裡的悲傷沉沉地壓著我，讓我再也抬不動腳。我喚住帶路的鬼差，蹲在開滿彼岸花的路邊先獨自一把鼻涕、一把淚地狠狠泣了一場。

恥辱！奇恥大辱！

只要一閉上眼，腦海裡便有一個蠢得不成人樣的二貨捧著大臉，亢奮地喚著「師父，師父」。我捂住臉，一頭長毛宛如秋風中的落葉，只待涼風一吹便能掉光。

那是我……那幾乎與哮天犬同等智商的人居然是我！

「我最喜歡的還是師父。」

「我這便與師父回風雪山莊，我還替你打扇翻書，還給你捶腿捏肩！」

「師父。」

「師父……」

師父、師父……

記憶中，傻子的言語如同佛祖經文一般不停在我耳邊迴響，時時刻刻提醒著我到底過了多沒尊嚴的十五年。我抓住頭髮，恨得咬牙切齒。

這簡直是我幾百年人生中最無法磨滅的汙點。

沒錯，初空，你做到了，你確實把我使喚得猶如太監一樣！

旁邊的鬼差彷彿看不下去，終於來拍了拍我的肩。「喂……妳還好吧？」

我流著一臉血淚，慘笑著轉頭望他。「沒事，什麼都已經過去了，我平靜下來了。」

鬼差嚇得倒退一步，抽了抽嘴角道：「如此便快些上路吧，這次可別再出什麼么蛾子了。連著兩次失誤，天界都派人下來指責我們地府辦事不力了呢。」

我站起身來，一邊隨著鬼差繼續往前走，一邊聽他抱怨。

「哎，祥雲仙子妳和那初空神君可是與我們冥界有什麼仇嗎？兩人一碰了面便要將我們地府好生鬧上一通，本來就忙，你們簡直就是在給我們添亂！」

我點了點頭，一句「對不起」剛出口，抬頭一看，又是那條忘川河，又是那座奈何橋，橋邊又是那個死男人。他筆直地站著，端著孟婆湯，正在與鬼差說話，是馬上就要入輪迴的模樣。

我知道自己應該冷靜，也知道自己應該理智，等他喝了孟婆湯，一腳踹他下輪迴，下一輩子的事情什麼都好辦。可不知為何，我此時想起來的全是他讓我替他捶腿捏肩、打扇翻書那可恨可恥的卑劣模樣。最可恨可恥的是，我居然在死的時候還想著要去替他捶腿捏肩、打扇翻書！還想回去？

回去你個頭！

這是怎樣深入骨髓又令人唾棄的奴性啊！

這一切！讓我受辱的一切！全是因為這個男人，這個騷包的神君……

「初空……」我拳頭握緊，渾身止不住顫抖。「對不起啊……」我直勾勾地盯著初空，與旁邊茫然的鬼差道：「對不起啊，又要給你們添亂了。」

不等話音落下，不等鬼差反應過來，我身形一動，眨眼便落在初空跟前，我看見他震驚地睜大眼，又聽他憤怒地喝罵：「操！石頭妖居然坑了小爺！」

我咬牙切齒一笑，一拳對著他的臉揮出，力道大得幾乎要打碎自己的骨頭。「坑了你……老娘今日還要廢了你！」

眾鬼的目光跟著初空飛出去的身體在空中畫了半個圓。

他「咚」的一聲，落到了六道輪迴那一方。他慢慢爬起來，抹了一把嘴角的血，眼神冰冷。「居然敢與為師動手？小祥子妳膽肥了啊。」

我仰著頭用鼻孔看他。「呵，你居然還敢這樣和我說話，你以為我還是那個傻子嗎？」

初空神色微怔，場面靜了一瞬。地府的鬼差們立即行動起來，急急忙忙疏導投胎的鬼魂去閻王殿避難。

有鬼差拿了套索要上來抓我，有鬼差在旁邊一個勁地勸道：「冷靜！冷靜！兩位仙人冷靜！」

我的周身彷彿燃起了熊熊烈焰，燒得整個人都沸騰了。我提氣縱身，逕自跳過奈何橋，落到初空身邊。「師父？這麼惡俗又蛋疼的稱謂，虧你想得出來，還自得其樂地聽了十年！很好、很好，如今趁著我們兩人都還清醒，便把之前的爛帳都一起算一算吧。」

「爛帳？」初空站起身來，沒有直接對我方才那一拳給予打擊報復，他拍了拍衣裳，瞇眼道：「小爺心胸寬廣，以德報怨，將上一世智力有問題的妳收留了，最後還救了妳的命，妳現在下了地獄居然還要找我算帳？」

「呵呵，你居然還敢和我提上一世，你居然還敢提上一世。」我笑得有些癲狂起來。「好好，你心胸寬廣，你救了我，那我求求你再救我一次吧，救救地府好不好？你接著剜心，接著死一死，好不好！下不了手？沒關係，我幫你，手起刀落，可俐落了！」說著，我又是一拳往初空身上招呼。

他一驚，側身拽住我的手，也有些動怒。「妳這悍婦！就不能好好說一次話嗎！」

「好好說！」我也跟著怒了。「腦子裡充斥著被你欺辱的十年人生，還有導致這十年人生產生的那兩碗血一樣的孟婆湯，我們之間隔的是血海深仇好嗎！比屠了全家還慘好嗎！你讓我和你好好說？你先躺下變成屍體吧，我會坐在你身邊和你好好說的！」

「哈！」初空氣笑了。「說得好似這些年只有妳吃了虧一樣！妳那是個傻子嗎！妳不說，我都以為妳是裝作那副模樣來整治我的！小爺胸懷寬廣，不希罕去計較那些，最後捨己為人，救了妳的命，妳到頭來居然還敢怪我？」

腦海中驀地閃過初空那張蒼白的臉，心頭莫名生出一絲不祥的情愫，我僵了一瞬，立即用沖天怒火將那點苗頭按捺下去。

「救我？我謝謝你大爺！誰希罕你救了！你裝什麼高尚，什麼讓我長長久久地活得安好，你分明就是想快點下地獄來投胎，與我錯過後面幾世情劫，不要以為我看不出你這卑劣的私心！」

初空下頷一緊，神色一厲，嘴一張又立即閉上，臉色氣得發青。

我繼續道：「我偏不成全你，我偏要下來與你一起投胎，偏要和你死磕！你打我呀，你打我呀，你打我呀！」

「小爺我今日就是要打妳！」他似氣狠了，一手揪住我的衣襟。

我此時也怒紅了眼，反應奇快，雙手伸到他腦後，拽住他的頭髮。

「你放手！不然我今天拔光你這一頭毛！」

「妳還威脅我！」

「我就威脅你！」

我們兩人一同喘粗氣，大眼瞪小眼地對峙半晌，愣是沒有一人先動手。

這時，旁邊弱弱地插了個聲音進來——

「兩位，你們還是把孟婆湯喝了再慢慢談吧，談完了就去投胎，這才是真解脫……」

我耳朵動了動，扭頭一看奈何橋那方，一名鬼差將孟婆湯端著，他身後站了無數的鬼差。閻王殿那方有人急急趕過來，看樣子像是閻王與判官。我眼神轉了一圈，最後落在鬼差手中那碗孟婆湯上，黑乎乎的藥汁，它的味道猶在喉頭迴盪。

我轉過頭來望著初空，初空也正望著我。

就是這男人……這男人生生灌了兩碗湯給我，讓我有了那般恥辱的一生。心頭邪火又起，我道：「喝，當然喝！這一世我一定給你灌三碗進去！」說完我奮力將初空往那方一拽。

初空大驚，立即紮穩下盤。

「歹毒！」

我一時沒拉得動他，又聽他這聲罵，想到之前他灌我的時候怎麼不說他自己歹毒。我登時大怒，奮起而咬之，一口咬在他的胳膊上，他痛得一聲悶哼。

「哮天犬是妳家親戚吧！」他捏了我的臉。「撒口！」

我嘴上不放，又在他肚子上狠狠揍了一拳。我第二拳又要打下，初空身子一轉，躲了過去。事實上，我是打不過初空神君的，所以沒一會兒我便覺得眼前一花，後背一痛，是初空將我按在畜生道的井邊。

他掐著我的脖子，青著臉道：「道歉！否則下輩子妳就去給我做畜生！」

好啊，看誰做畜生！

我一咬牙，膝蓋彎曲，頂在他小腹上，趁他瑟縮之際，我一聲大喝，使出了全身的勁，將他身子頂起來。初空愕然，我再接再厲地把他往井裡一翻，讓他頭朝下，直直落進畜生道裡面。

我心中狂喜，下一世終於可以擺脫初空了！可臉上還沒來得及笑，忽覺頭皮一痛，竟是初空拽住了我在方才抓打之時散落下來的頭髮。

我只覺重心一偏，身子一輕，我心中不祥的警鈴大作，想要伸手拽住什麼東西，可只抓到一片虛空。只有初空宛如厲鬼一般的戾笑，拖拽著我落下無底深洞。

「妳倒是來與我死磕啊！妳磕啊！」

神魂皆驚的我，睜大眼，看著幽黑的地府離我越來越遠。耳邊彷彿還有閻王不鹹不淡的感慨。

「哎呀，糟糕，兩個仙人投了畜生道，這該如何歷劫呢？嗯，我還是回去打個報告吧。」

畜生……

你們這群畜生！

睜開眼，我看見的世界彷彿與我往日看見的有些不大一樣。視野出奇的寬闊，嗅覺出奇的靈敏，泥土的味道、青草的味道，還有或腥或騷的一股羶味。

我眨了眨眼，覺得身子有些許不協調。我抖著腿站起來，卻是四肢著地，用的是毛茸茸的肉爪。

我抬起「手」，伸出軟軟的，還沒長好的爪子，頗為稀奇地看了一會兒。

這……若是我沒猜錯，它應當叫虎爪吧。我扭過頭，往後面望了望，看見自己長長的身子和長滿毛的屁股，還有一條花紋相間的漂亮尾巴。

我怔了一會兒，隨即恍然大悟，我回憶起來了。哦！我投了畜生道，成了一隻畜生。

畜生！

我用爪子捂住臉。奇恥大辱啊奇恥大辱！想我祥雲仙子如此飄渺的一個存在，而今卻落到這步田地！我暗暗為自己流了一把辛酸淚。但是再痛徹心扉的悲傷，也改變不了我已做了畜生的事實。

哀莫大於心死，我恍恍惚惚地望了望天，心間五味雜陳；但轉而一想，初空也投了畜生道，變成一隻四肢著地的動物，我心情又難得的一陣晴朗。

好啊，李天王，你安排一下吧，兩隻連人話都不會說的畜生如何來場驚天地、泣鬼神的虐心之戀？我等著呢。

我這邊正感嘆著，忽覺脖子猛地被咬住。我大驚，卻嗅到了母虎的氣息，原來是我「娘」來了……

或許是天性使然，我現在雖被母虎叼著脖子，牠只要輕輕一用力便能將我咬死，但我生不出半點戒心，任由牠叼著我，晃蕩晃蕩地回了自己的「家」。

連草都沒有墊的窩，還有我的兩隻兄弟姊妹在咬耳朵玩鬧。見母虎回來，牠們都圍了過來纏著娘親要奶喝。母虎將我放下，便慵懶地躺在地上，一副任由你們吃奶的模樣。我的兩隻兄弟姊妹立即屁顛屁顛地湊過去，我看了一眼娘親毛茸茸的肚子，實實在在地流了一把不知所措的苦淚。

我待在母虎嘴邊的位置瑟瑟發抖，忽然，背脊一暖，溫溫熱熱而有些舒服的詭異觸感爬過脊梁。我駭然轉頭一看，母虎伸出長長的舌頭，對著我長滿毛的腦門又是一舔，舔得我傻愣得怔了神。

於是，牠便在我怔神期間，上上下下、完完整整地將我全身舔了一遍，最後心滿意足地碰了碰我的腦袋，好像在說：「嗯，好了，去玩吧。」

我居然就這樣……被一隻母老虎輕薄了……

雖然我知道牠是在用舌頭上粗糙的倒刺替我梳理毛髮，可我……我……我淚流滿面。在地府時，我怎麼就腦抽了沒喝那碗孟婆湯呢？

懷著極其矛盾的心理，我蹣跚著腳步，走到牠肚子那方，望著正在吃奶的兄弟姊妹，又聽得肚子在咕咕作響，我一閉眼，一埋頭，也湊了過去。

這樣的人生，又何嘗不是一種歷練。

過了數日這樣的生活之後，我幡然省悟，現在我雖是一隻畜生，但這並不妨礙我修道，我大可修煉成妖，繼續過體面的人類生活！

只是，現在問題在於我是個修煉未成便被月老點化的仙，說白了，就是走了後門的水貨。在以前的修煉中，我只會提高自己的修為，但對如何入門沒有半點頭緒。

我一聲嘆息，垂下腦袋，頭頂暖陽傾瀉，透過茂密的樹葉星星點點地灑在我身上。我懶懶地打了個哈欠，恍惚之際，彷彿看見初空躺在搖椅上一晃一晃地看書。

他說：「小祥子，『我守其一，以處其和』這話妳到底學懂了沒？」

我當然懂，不懂的是那個傻子。

對了！我現在猶記得上一世初空一遍一遍教過我的那些道家心法。

之前那個我太笨，一直學不會，初空便一直在教我入門，現在只稍稍一回憶，初空指導的聲音言猶在耳。我興奮地起身跳了跳，我旁邊的兩隻小老虎也跟玩似地與我一起跳了跳。

我不理會牠們，獨自找了個草叢坐下，靜靜回憶那些入門的法則，寧神靜心，開始了我的修道生涯。

不過三個月，到了母虎教我們捕獵的時候，我的反應與感知明顯比其他兩隻幼虎要強。按照目前這個形勢，我估計著再循序漸進地修個一年，我便能口吐人言了。這項認知讓我十分高興，心裡對初空與他修仙、修道的法子也萬分嘆服，難怪上一世他以一個凡人之身便能在不到二十年裡修成半仙。那傢伙傲慢雖傲慢，想來還是有點兒真本事的。

今日陽光正好，在修煉空隙小憩的我在地上打了個滾，回味起前世。

其實靜下心來想想，上輩子的初空對我也沒有壞到極致，下地府那會兒是因為新仇舊恨疊在一起，我才那麼出奇憤怒。現在看來，初空這傢伙除了愛使喚人、愛欺負人、脾氣奇怪、對人苛刻、做事渾蛋了一點兒，對傻祥那個徒弟還是挺不錯的。

他最後還能剜心救我，也算是盡了一分同僚之誼。

可只是同僚之誼？我想，他當時剜心剜得可是毫不猶豫啊。換作我，只怕都沒法做到手起刀落那麼俐落，畢竟那是自己的肉。這和當初我救陸海空時，由別人下手完全是不一樣的概念。

陽光照進眼睛裡，有些迷眼。不知為何，我陡然間憶起那日屋簷之上，初空帶著濃烈酒香的溫熱一吻。

四肢一僵，我的思緒霎時一片空白。

他是沒有喝孟婆湯的，我清楚，他比我更清楚，但是上一世他……是酒後亂性，還是……腦海裡飄過的一個想法讓我燒紅了臉；但是老虎是不會臉紅的，所以我整個身子都熱了起來。不會吧……不會吧！

那傲慢的初空神君居然真的……真的與我生了情？我甩了甩腦袋，強迫自己把這個荒誕的想法甩出去。我與他可是狹路相逢的仇人，命定的冤家！

雖然，歷前面兩世情劫的時候，不管是我有記憶還是初空有記憶，我們都很默契地沒對對方下狠手。

但我與他一見面就打架！

不過，這一次好像只有我在埋頭揍他，他只是嘴上不饒人了些……

我在替他解釋什麼！

我在樹幹上奮力磨了磨爪子，把它想作初空的臉，刨了個痛快。心緒平復下來之後，我趴在樹邊下垂著腦袋，腦海裡突然閃過一個奇妙的想法……其實，如果是陸海空那樣子的初空，他要喜歡我，我也是歡喜的。

身子有些躁熱，但我並沒有覺得這樣有什麼不好。

在母虎身邊成長的日子十分快，又過了一年多的時日，母虎又懷孕了。牠將我們驅走，讓我們各自去尋找自己的領地。這時我已經能口吐人言，算得上靈物了，不再需要像我的兄弟姊妹一般整日為了食物奔波。

在山林間做一隻萬獸之王，還是挺舒坦的，至少沒有哪隻動物活得不耐煩了敢招惹到我頭上來。

照常理來說，確實是那樣的，但生活總會有不按常理出牌的時候。

那是個美麗的日暮，我趴在湖邊靜靜地喝水，忽然，一陣微風掠過，我陡然嗅到獵物的氣味。只是這種獵物向來過群居的生活，此時為何只有一隻的淡淡味道……

我抬頭一望，日暮霞光映照得晶瑩的湖面波光粼粼，湖的對岸，一隻黑乎乎的大型動物也在靜靜喝水。那副模樣莫名讓我覺得十分熟悉，心裡一個念頭閃過，我輕輕開口：「初空？」

對方渾身一僵，隨即也抬起頭。

眼神相交，我瞬間確認對方的身分。

「噗！」舌頭一吐，我無良地笑了。那動物的身形僵硬得越發厲害。

我趴在地上，止不住用爪子狠狠拍地。「野豬！哈哈哈！你居然投成了一隻公野豬！哈哈哈！」

初空又羞又惱，一扭頭，轉身便走。我一看，忙止住了笑，踏進湖裡向他游去。「哎！你等等，有事和你商量。」

我再度踏上岸，甩了甩一身的水，然後望著他又「噗」一聲笑了。

初空彷彿徹底惱了，他冷哼一聲，傲慢地仰起頭，嫌棄我道：「真不知一個女子變成了母老虎有什麼好驕傲的，這是上天的諷刺嗎？」

他聲音粗壯，比往日低沉不少。我也顧不上反駁他，笑得全身沒了力氣。

初空忍無可忍，蹄子將地上的石子一踢，一顆一顆連續不斷地打在我的頭上，砸得我生疼。我惱了。「你不是喜歡我嗎！為什麼還老是欺負我！」

初空一驚，連連往後退，結結巴巴了好半天，才怒沖沖道：「誰……誰……誰喜歡妳！」

「你上一世沒喝孟婆湯還親了我！」

「那是因為醉了。」

「你不喜歡看見我和石頭妖在一起是在吃醋。」

「那是因為討厭石頭妖。」

「你最後還為了救我把心挖了。」

「那只是為了還妳一個人情。」

「不管其他怎麼說，你陸海空那一世絕對是喜歡上我了！」

「那只是因為喝了孟婆湯，神志不清！」

我一問，他一答，天衣無縫得就像是他已經在心裡排練過無數遍一樣。不知為何，聽到這些答案，我心頭有些失望。好在動物的臉是做不出表情的，我點了點頭道：「原來如此，你在心裡果然還是想害我的。」

初空猛地抬頭。「這個結論妳到底是怎麼……」他聲音一頓，愣是把後面半句憋死在肚子裡。頓了一會兒，他呼呼喘了幾口氣，咬牙道：「沒錯！我就是想害妳，妳趕快去投胎，不要礙著我的視線了。」

「哼，你道我希罕看著你嗎？」我揉了揉額頭，道：「野豬空，咱們打個商量吧，劃分一下楚河漢界。在這一世，你不踏入我的領地，我不踏入你的領地，管他李天王怎麼安排，咱們老死不相往來，這總行了吧。」

初空看了我一會兒，還沒說話，忽然大地猛地一震，林間鳥兒成群飛起，日暮的山林頓時嘰嘰喳喳吵鬧起來。

我怔了怔。「地牛翻身？」

初空的聲音卻嚴肅了起來：「不對。」他扭身便往西邊跑，我撓了撓頭，不明所以，也揣著好奇與他一起跑過去。

「喂。」在草叢中隱藏好身形，我輕聲問初空：「他們在拜什麼？」

此時太陽的光輝已漸漸退去，夜幕降臨。兩名男子舉著三個火把，跪在地上，對一個黑乎乎的洞口行三叩九拜大禮。

初空沒有回答我的問題，緊緊地盯著那兩人，略微沉吟了一會兒，道：「妳，去，嚎兩聲。」

他這態度令我心生不爽，我冷冷一笑。「你自己嚎去啊，憑什麼要我去？」

初空二話沒說，一撅蹄子，又在我的爪子上，我一聲痛呼，虎嘯驚了山林。

我咬牙。這傢伙……這傢伙……

「啊！」一個男子慘聲驚呼。「老……老虎！」他手中的兩個火把掉在地上，如同嚇癱了一般，一點一點往後挪。

另一個年長些許的人立即舉著火把對著我，他一邊往後退，一邊把地上那人拽起來。「冷……冷靜些！牠怕火，不會輕易過來。」

他既然都如此說了，我一邁步，仰首挺胸便踏出去。那兩人嚇得渾身顫抖，汗如雨下。我盯著他們上上下下地打量，那膽小點兒的男子嚇得兩眼一翻，倒了下去。我一愣，正在琢磨自己是不是嚇死了人，造了殺孽？另一人忽然拔腿就跑，眨眼間便沒了人影。

想來是他覺得我已經有了食物，定不會再去追他了。

我搖頭嘆息。生死之間方能見真情，這話果然沒錯。身後草木作響，是野豬空走了出來。

我用肉肉的爪子輕輕拍了拍暈倒在地的男人腦袋。「喂，你看，是你支使我出來的，出事了，你自己把他馱回山下村莊裡去。」

「妳現在還有心情管這些愚蠢的人類。」初空不鹹不淡地諷刺我一句。「還真是一如既往的沒眼識。」他不再搭理我，逕自往黑乎乎的山洞裡走，四隻蹄子行得極為慎重。

我雖對他這態度極不滿意，但見向來傲慢的初空都行得如此小心，我便也忍住脾氣，小心翼翼地跟在他後面走。

山洞裡漆黑一片，若是人類進來怕是片刻便找不著北了，但好在老虎的夜視能力著實比人類強上不少，洞中的事物我皆能感知得清清楚楚，哪裡有石塊，哪裡有水坑……等等，這水坑為何有鮮血的味道？

我順著水滴落下來的軌跡往上一望，見洞壁上裂出一個牛頭大小的縫，水正是從這裂縫中流出來的。

我抬著頭還在打量，忽見一個人頭從裂縫中慢慢擠出來。我心頭大驚，正愕然之際，看見那人的表情扭曲，形容瞬間枯槁，皮肉不知被什麼東西一下子吸了去，只留下一副枯骨，「嘩啦啦」從裂縫中落下來，在我前爪前堆成一堆白骨。

我雖已成仙，但在仙界過的從來都是安樂生活，沒見過死得這麼慘的人，登時被嚇得倒抽冷氣，下意識想拽住前面的初空。哪承想，他現在是隻野豬，在前面拿屁股對著我，我露了尖利的爪子，一個不小心，抓在野豬空皮糙肉厚的屁股上。

「有妖怪！」我大叫。

初空也是一陣大叫：「妳想被我剁了爪子拿去泡酒嗎！」

「可是真的有妖怪！」我抬起爪子指了指洞壁上方的裂縫，又指了指不遠處的白骨堆。「剛才掉在我腳前的，才被吃乾淨了。」

初空沒再指責我，轉頭看了看那堆白骨，聲音微冷。「現在妳可知道方才洞外那兩個男子是在拜什麼了？」

我搖頭。「不知道。」

初空覺得無可救藥一般看了我一眼，道：「兩個人拿了三個火把，顯然是之前來了三人，而有一人進了這山洞裡來。」初空用蹄子指了指地上那堆白骨。「這個人成為祭品，他們是在祭祀，上的是活祭，供的……」

初空沉思一會兒。「供的是誰我不知，但能肯定的是，絕對不是天界的神仙。此處陰氣十足，簡直就像……」

地府。

初空沒說出來，但我大概已能猜出他的意思了。我的修行進度到底還是比他慢了一點兒，一開始察覺不出這裡氣息的詭異，但經初空一提點，我稍一留意便感覺出來，此處氣息陰冷，與冥界簡直是一模一樣。

初空四處探了探，道：「這裡地脈極陰，應是與地府相連。」他聲色凝重。「看方才那兩人的樣子，這活祭應該是常有的事。」

我奇怪地道：「可接受活祭極損陰德，且容易墮入邪道，這明明是被明令禁止的，沒聽說過地府裡哪個神仙在幹這勾當啊。」

「哼，神仙做了妖怪的惡行，還敢到處招搖？」初空嫌棄我道：「妳在天界這麼多年來到底都幹麼吃的，腦子裡一點兒常識都沒有嗎？」

我露了尖尖的利爪，森森道：「你再這樣和我說話，我就挖掉你屁股上的肉。」

初空將野豬尾巴甩了甩，繼續道：「地府在職的神仙，諸如閻王、判官之類的，為了平等對待每個鬼魂，是不能接受祭品的。地藏王菩薩不殺生，下面的鬼差沒有享受祭品的權利，所以在地府工作的人不會要祭品，更別說活祭了。除了他們，地府還有天界下來的神仙，天界的神仙下地府無非兩種可能，第一種是如同妳我這般，為了歷劫而來，中途做個短暫停留。我們沒時間也沒能力要祭品。至於第二種嘛，便是犯了大罪，要到十八層地獄受重刑的罪神。」

我心中一驚，道：「明明在地府受刑，居然還做這樣的事，這可是罪上加罪，哪個不要命的神仙敢造如此深重的孽啊……」

初空沉默了半晌。「這事必須盡快告知閻王。」

我贊同地點了點頭。「但情況咱們還沒摸得太清楚啊。」說著，我一個縱身攀上旁邊的洞壁，探出腦袋往裂縫中打量。「我先看看……」

「不可！」

初空的聲音還沒傳到耳邊，我腦袋已探入裂縫中左右轉了一圈。左邊、右邊沒有東西，上面沒有東西，下面……

一道金光在陰暗的洞穴中忽然閃過，我還在驚訝，忽覺呼吸一窒，一股森冷之氣撲面而來，撞在臉上，將我大力往後一推。我身子一仰，四腳朝天地摔在地上。

「好痛！」我大呼。

野豬蹄子跑得踢踏作響，初空在我旁邊停下來，長長的鼻子在我腦袋邊蹭了蹭。「傷到哪兒了？」

陰冷的氣息尚還縈繞鼻尖，我說不清心裡是何感受，只愣愣道：「不知道……脊梁摔得痛。」

見我確實沒事，初空愣了一會兒，勃然大怒。「妳再魯莽試試！這是能隨便亂看的嗎！妳當真以為現在是在歷劫就死不了嗎？到時候魂飛魄散了，妳看誰能給妳拖回來！」

「你生什麼氣！我魂飛魄散了，你不是正好不用歷接下來的幾世情劫了嗎？」我感到奇怪地看他，見他聽到我這問題之後愣了一瞬，我恍然大悟，忍痛站起身來，搭了個爪子到他頭上拍了拍。「我懂我懂，你果然是喜歡我的。」

「喜歡妳個鬼。」

「你不用口是心非地遮掩了。」

「遮掩妳個鬼！」

我無奈地搖頭嘆息。「我魅力太大我知道，在感情方面我有時候確實太遲鈍了，喜歡上我著實是辛苦你了。」我頓了頓。「你就且辛苦著吧。」

野豬空的喉頭發出「咕嚕嚕」的聲音，似怒似惱。他一扭頭，甩掉我放在他頭上的爪子，怒氣沖沖地往洞外走。

我琢磨了一會兒道：「你是在害羞嗎？喂！這種時候你心裡是不是想讓我來追你啊！你直說嘛，我說了我有點遲鈍！」我小跑著，跟在他身後。

初空彷彿忍無可忍地扭過頭來，恨道：「小爺要去自盡！妳離我遠點兒！不准和我死一堆！」

我覺得歷經前面兩世情劫之後，我與初空都把生死這東西看透了，瞧他說自盡說得多麼輕鬆自然。

可等我們走到洞口，看見外面的數個火把將天都照亮了，我點了點頭。「我好似已經預見到我的皮毛被扒下來賣，你的肉被煮熟了吃的場景了。」

洞口外，數十名壯碩的漢子拿著各種棍棒刀叉，舉著火把站著。想來是方才那個逃走的男人去他的村莊叫了人上山來殺虎。

「還有隻野豬！」

「是那老虎的食物吧。」

「看起來不大像啊……」

壯漢們議論紛紛，我看著他們手中的武器，心中有些打鼓。這些兵器看起來又鈍又舊，肯定是不會讓我死得痛快的，脊梁現在還在隱隱作痛。我小聲對初空道：「咱們可不可以換個體面點兒的死法？」

初空淡淡掃了我一眼，聲音中依舊帶著對我的嫌棄：「小爺我去引開他們的注意力，妳自己瞅準機會跑。別蠢得連幾個人都躲不過。」

言罷，他一撅蹄子，找準人最多的方向，一頭衝過去。那方的村民登時亂作一團，武器挨個往初空那皮糙肉厚的身體上砍，但再是皮糙肉厚，應該也還是會疼的吧……

他知道我怕死又怕疼，所以這是在找機會讓我逃走嗎……

看著他笨重的身體被人群圍攻，明明畫面滑稽可笑，但我心頭不知是什麼滋味。就像是第一世，在那沖天火光之中，我看見家破人亡的陸海空被卡在狗洞裡時一樣，彷彿心尖最柔軟的那根弦被輕輕一觸，我分不清這感覺到底是酸是澀。

這個傲慢的初空神君，或許在內心裡也與那一世的陸海空一樣，有著隱藏在心底的溫柔和體貼，一旦不經意間透露，便會直接攻得我潰不成軍。

明知他的目的就是找死，也知道他或許是想借這個法子錯開與我後面的幾世情劫，但我就是頭腦一熱，一聲長嘯將所有人都震得呆住。我撲身上前，先按住了一個打初空打得最厲害的人，對著他的臉便是一通吼，那壯漢被我嚇得神情呆滯，連顫抖都忘了。

有此虎威，我萬分驕傲，可對方人多，沒一會兒我便耗盡力氣，趴在地上。我瞅了一眼野豬空，他兩眼翻白，顯然已經踏上黃泉路。

我一聲嘆息。衝動啊衝動，白白搭上一條逍遙虎命。

被扒皮取骨，作為畜生殺掉，我這一世死得比哪一世都慘……

第八章

初空他……真的有了

黃泉路我已熟悉得根本就不用鬼差來引了。

我一路輕快地走下去，在地府的招牌前看見初空正在與一個鬼差說話。走近了，隱隱約約聽見他說：「勞煩通報，我有要事要見閻王。」

想來他也才下來沒多久吧。

矮了初空半個身子的鬼差點了點頭，正要去通報，轉眼過來瞅見我，一張青黑青黑的臉登時變得更加青黑。他連連往後退了數十步，大叫：「來了來了！他們倆又撞見了！」

地府本就寂靜，他這麼一喚，彷彿忘川河水在那瞬間都停止流動一般。整個地府僵了一瞬，鬼差和來投胎的鬼魂們登時作鳥獸散，獨留我與初空尷尬地佇立。

我撇了撇嘴，無言地抹了一頭冷汗，心道，我和初空站在一起，是帶給他們多大的心理陰影啊……

我正感嘆著，初空扭過頭來望見我，危險地瞇了眼。「不是叫妳自己想辦法逃嗎？怎麼蠢成這副德行？」

不想去與他解釋我心裡那些九曲十八彎的思緒，我道：「頂著一副畜生的皮毛能活得舒坦嗎？我才不希罕做一隻虎妖呢。」我逕直往閻王殿走去。「且去與閻王告知了上面那事，該喝孟婆湯便喝孟婆湯，該投胎便投胎吧。下一世李天王愛怎麼折騰便怎麼折騰去吧，我可不想費心費力與你鬥了。累死了。」

我往閻王殿那方走了一會兒，沒聽見初空的冷嘲熱諷，也沒聽見有腳步聲跟來。我感到奇怪地往後一望，見初空有些怔愣地盯著我，我納悶道：「你不是要去閻王殿嗎？走啊。」

初空眨了眨眼，彷彿這才回過神來，他傲慢地一仰頭道：「哼，小爺要做什麼，自己當然清楚，誰要妳提醒。」

我捏了捏拳頭。這傢伙真是……忍下怒火，我不再理會他，心想偶爾讓他得意一下也沒什麼大不了。

推開厚重的大門，我邁步走入閻王殿。難能可貴的是，今日閻王竟然沒有仰頭在書案之後睡覺，而是一本正經地伏案而書，像是在處理什麼重大事件。他身邊的判官卻看著他寫的東西，忍出了滿頭的青筋。

「閻王。」我規規矩矩地對他拱手拜了拜。「又見面了。」

閻王抬頭望我，眼神倏地一亮。「哦！小祥子！好好，妳又來了啊，初空神君沒來？」他一臉詭異的興奮，直到看見隨後步入大殿的初空，他才滿意地點了點頭，擱下筆道：「你們來得正好啊，方才天界傳了書信一封給我。」閻王倚在寬大的太師椅上，抱著手，笑咪咪地望著我和初空。

我被他笑得心裡發毛，往後面退了退。初空卻在這時一步跨到我身前來，用半個身子擋住我。他問：「天界的書信說什麼？」

「是給你二人的。」閻王將書信拈起來。「嗯，我唸這信之前，你們不先來一架？」

我抽了抽嘴角。這閻王素日裡是有多無聊啊，這麼喜歡看我和初空把地府鬧得雞飛狗跳？

見我們都不搭理他，閻王頗為無趣地撇嘴道：「好吧，這信是李天王寄來的，說是你二人在地府、人間的種種作為著實太過分了，他寫的命格一個沒中。第一世死錯人了，第二世完全改變了他所寫的命格走向。第三世，嗯，他還沒寫完，但你們已經下來了。如此種種，皆讓他灰心失望，嘆白了不少頭髮。」

他如此一說，我確實覺得有些對不起大鬍子李。

「所以嘛，李天王在這信裡說了，下一世投胎，要你們必須在人界活過二十年，如若不然，你們再下地府後，皆交由我來處置。」閻王兀自咯咯笑了一會兒。「我已經預料到了，你們一定活不過二十年。」

喂……這傢伙到底是抱著什麼樣的心態來做閻王的啊？

閻王桀桀笑道：「兩位仙人知道，做閻王確實是個憋屈的活，有一次能隨意處置人的機會是多麼難得……嘿嘿。妳瞅，我已經把怎麼罰人都寫好了。」

我定睛一看，登時虎軀一震，罵道：「你真是個狗東西！」

前面的初空亦是狠狠一震。「不如狗！」

逗閻王大笑十次，給閻王捶背十次，輕吻閻王臉頰十次……這都是些什麼！

原來，他方才是寫這東西寫得這麼認真，也難怪判官看得一臉抽搐。

閻王一臉期冀地望著閻王殿的天花板。「你們盡量早些時候下來啊。」

我揉了揉額頭，初空也在前面揉了揉額頭。他沉默了會兒，收斂了心情道：「閻王，正經事。」他向前跨了一步，聲音嚴肅起來：「此次投胎，我見著了人界有一方洞天與地府地脈相連，有人在那裡用活祭供奉神仙。」

閻王一聽這話，神色一凝，臉上所有玩笑的表情盡數斂去。「具體方位？」

「約莫在麓華山那一帶，若是地府這兩日未收到作為活祭的魂魄……也就是說，那位接受祭祀的神仙，是將祭品的魂魄也一併吞了。這已是邪魔之道，須得盡快通報天界，早做防備才是。」

閻王點了點頭，沉吟了一會兒，他對一旁的判官道：「立即著十名鬼差與我下十八層地獄看看。」

知道事情嚴重，判官半分不敢耽誤，一躬身，立即退出去。

閻王也坐不住了，跟著判官一同出了大殿，一邊走一邊道：「你二人無須操心此間事宜，自去投胎吧。」

我望了望初空，初空也望了望我。

「傻愣著幹麼？」初空冷哼道：「妳不是很期望去投胎嗎？去啊。」

「你這麼大火氣幹麼，我又沒說不去。」

我轉身出了閻王殿。地府工作人員本就不多，被閻王抽走了十名就更少了。而今看守鬼魂喝孟婆湯的就只有一個鬼差，且這名鬼差看起來還有些呆頭呆腦……心底的惡性因子滾動起來，我突然又心生歹念。

回憶起自己什麼都記不得的那一世被人欺壓的苦難，我恍然覺得什麼李天王的失落都可以滾遠一點兒了。我理了理衣襟，正要上前討要孟婆湯喝，忽然背後傳來初空的聲音——

「喂，小祥子，打個商量。」

我側頭看他，他指了指那鬼差。「騙過他，咱們這一世誰也別喝孟婆湯，待轉世之後，延續妳上一世說的那什麼，劃清楚河漢界，老死不相往來。」

陡然聽見這話，我不知為何心裡空了一空，眨著眼，愣了好一會兒，才道：「好、好啊，當然好。」

初空盯了我一會兒，擦過我的肩頭，逕自走向那鬼差，要了一碗孟婆湯。我不知初空要玩什麼花樣，也忙跟上前，同樣要了碗孟婆湯。

初空一隻手端著湯，卻不急著喝，另一隻手從懷裡掏出一個圓圓的珠子，高深莫測地對那個鬼差道：「此珠天上地下唯有一顆，有大法力，我不能帶去人界，待會兒等閻王回來了，你且幫我把此珠交予他。」

我看著這天上地下唯有一顆還有大法力的珠子，抽了抽嘴角。你確定這不是方才在路上撿的破石頭？

初空將珠子遞給鬼差，卻猛地一手滑，圓圓的珠子掉在地上，骨碌滾遠了。呆鬼差約莫覺得這是神君委以大任於他，連忙跟著珠子追去。

初空一側身，將一碗孟婆湯盡數倒在忘川河中。我心裡萬分唾棄他這種欺負老實人的行為，然後一側身，也把一碗孟婆湯盡數潑進忘川河中，讓它跟著河水晃晃悠悠地流向遠方。

呆鬼差沒找著珠子，回來了，撓著頭一個勁地對初空道歉。初空擺了擺手，繼續做出一副高深莫測的模樣。「罷了、罷了，都是天命吧。」

一顆石頭滾到一堆石頭裡面，找到了才是天命好吧……

過了奈何橋，行至六道輪迴旁邊，我看著井中陰陽兩分的世界，心頭忽然閃過一個念頭。「初空，我覺得在咱們身上發生什麼意外都說不定，劃分楚河漢界、老死不相往來什麼的太虛幻了，咱們還是來點兒實際的吧。」

初空斜眼看我，我鄭重道：「下一世，你投成女人好了。」

他危險地瞇起了眼。「小祥子，咱們不妨再換個方式吧。」他道：「妳乾脆投成男人好了，左右妳有顆糙漢的心，下一世既讓妳的身體和妳的心靈達到統一，又避免了咱們生出那不該有的感情，這豈不是更好？」

「我不會做男人，習慣不了男人的身體。」

初空冷哼。「好笑，小爺堂堂血性男兒就能習慣女人的身體嗎？」

他一用這樣的語氣說話，便極容易挑動我的情緒。我深呼吸，強迫自己冷靜下來。「好，咱們還是各投各的。」

我跨上輪迴井，正準備跳進去，忽覺肩頭一緊，是初空拽住我的肩膀，將我往「陽」的那方拖，他想讓我去做一個徹頭徹尾的男人。

我怎能讓自己吃這個大虧，便順著初空的手抱住他的脖子，使勁把他往「陰」的這一邊拽。

衣袂翻飛中，我倆拉拉扯扯間，混亂得不知道最後是用什麼樣的姿勢落進輪迴井。但我記得，在黑暗來臨之前，心頭驟然有絲陰冷的氣息冒了出來，將我周身纏繞……

心口有股被撕裂的疼痛，這是以往投胎都不曾有過的現象，難不成……我這一世患有心疾？

病弱的女子苦追貴公子不成，最後痛苦而死的橋段在我腦海裡閃過。我睜開眼，看見有精美雕花的檀木床，想來我投的是個相當富貴的家庭，瞅著床幔上用金線繡出的鳳凰，嗯……搞不好這一世還投在了皇家。

心口的疼痛一陣強過一陣，我忍不住用手摸了摸，登時大駭，連連倒抽冷氣。

這是什麼！

我的胸膛上竟插著一把鋒利的匕首！更驚悚的是，我的胸膛又是怎麼回事！怎麼會這麼平！這手掌為何如此大？上面還長滿了老繭，我的纖纖素手去哪裡了？即便不是纖纖素手，小孩該有的粉嫩小拳頭呢？這明明就是糙漢的手啊！

我掙扎著蹭起身來，胸口尖銳的疼痛，還有失血過多讓我的腦子開始發暈。一投胎就要死掉嗎？

「……下一世投胎，要你們必須在人界活過二十年，如若不然，你們再下地府後，皆交由我來處置。」

閻王的話言猶在耳，我想到了那張紙上的懲罰，宛如有把比匕首更尖利的東西扎進心頭，我痛得顫抖。

不行……雖然搞不清現在是什麼狀況，但是我才來這人世這麼一瞬間，不能就這樣死掉！若是這麼快又下了地府……我的後半生會被毀掉的，絕對會被毀掉的！

我握住匕首的柄，用力向外拔。正在我獨自掙扎之時，陡然聽見另一個連連驚呼的聲音。

我扭頭一看，是個身著華服的圓臉女子，她面色青白，才一起身便「哇」的吐出一大口黑血來，看樣子是中了劇毒。

這……這又是什麼狀況！一個富貴女子與一個糙漢躺在同一張床上，糙漢胸膛插著匕首，女子身中劇毒。臥槽！我到底是趕上了什麼爛攤子！

「臥槽！什麼狀況！」華服女子看見我，也是一陣大驚，說完這話，又捂著胸口一陣狂嘔。

一種不祥的預感再次浮上心頭，我戰戰兢兢，氣喘吁吁地問：「初……初空？」聲音出口，渾厚雄壯，我暗暗抹了一把辛酸淚。

女子同樣驚駭地抬頭望著我。「小祥子？」初空嬌喘不停。「……陰魂不散。」

「陰魂……呼呼，陰魂不散的是你吧！楚河……楚河漢界，給我劃清楚了，不准……靠……靠近我！」一句話說得我上氣不接下氣，我好似已看見了閻王在向我招手。

「誰……還理妳，小爺……小爺先活了命，妳自己回地府，去……去親閻王的小臉蛋吧。」

我渾身一哆嗦，這實在是一個讓我賭上骨灰也要勇敢活下去的巨大動力。我手一緊，牙一咬，使出最大的力氣，狠狠一拔。匕首退了約莫一寸長出來，但還是有一部分插在我的胸膛裡。鮮血流得更多，我氣得大罵：「哪……哪個龜孫子捅的！老……老子胸膛裡面，有黃金嗎！」

初空顫抖著滾下床榻，一邊吐著血，一邊奮力往桌子那方爬。他一抱住桌上的茶壺，便開始大口大口地喝水，可沒喝多久，茶壺裡的水便沒了。

初空也是勃然大怒，手一拂，將桌上的茶具盡數打翻在地，瓷器劈里啪啦響得歡樂。「窮鬼！妳家連水都沒得喝！」

正在我倆皆陷入絕境之時，這窮鬼家突然有人推門而入。

「將軍！」一個勁裝男子大步向我走來。「將軍！怎麼會這樣！」初空那方也有兩個婢女嘰嘰喳喳地奔過去。「啊！公主！公主您還好嗎？」

我已經沒力氣答話，也沒力氣多想了，只奮力地眨了眨眼，在內心奔騰著羊駝。我和那公主怎麼樣了，還好不好……你們有眼睛看不見嗎……

我再醒來的時候，胸膛的匕首已經被拔了，傷口也已經包紮好了。那個勁裝男子跪在我的床邊，埋著頭，一言不發。

我咳了兩聲，想要坐起身來，那人忙來扶我，給我伺候好了，又跪了回去。我奇怪。「你這是做什麼？」

「屬下護主不利，請將軍責罰。」

我撓了撓頭，很想說自己什麼情況都還不知道，但是看見一個英勇的漢子在我面前虎目含淚，我還是不忍心告訴他，你家主子已經駕鶴西去了，我只是一個來逛一逛人間的弱女子。我輕咳了兩聲，問：「那個，初……嗯……公主呢？」

跪在地上的男子猛地抬頭。「將軍何必還掛念她！那青靈公主害了馨雲姑娘，又對將軍您下此毒手，實在是歹毒非常，將軍萬不可再容忍她為非作歹！屬下懇請將軍將此事稟報皇上，太后便是再護著青靈公主，也不能對謀害親夫這事實視而不見！」

我摸了摸鼻子，心道，原來這還是個三角戀的故事。公主喜歡將軍，將軍娶了公主，心裡卻喜歡別的女子，公主一氣之下殺了那女子，又殺了將軍，咦……不對啊，那她自己怎麼會中毒？難道是謀殺親夫之後心生絕望，服毒自盡了？

我沉著臉不說話。那漢子又道：「將軍！青靈公主此舉實不能再忍了！」

我為難地撇了撇嘴，就算他這麼聲淚俱下地控訴，我也沒辦法啊。因為現在在那個身體裡待著的是天上的初空神君，又不是什麼青靈公主。而且這事情我摸不清前因，預見不了後果，對自己身邊的環境也不熟悉，甚至連人都不認識。

這一世我又沒修仙，不會法術，還要在這世上盡心盡力地活上二十年。我若是現在把這個青靈公主不明不白地坑了，初空死了便算了，他要是死不了，回過頭來不知道要怎麼坑我呢！這險冒不得，我與初空現在好歹也算是一根繩上的螞蚱，在情況明朗之前，我絕不能和他窩裡鬥。

我擺了擺手道：「你先下去吧，此事我再自己斟酌斟酌。」

男子雖面有不甘，但也不敢衝撞我，咬了咬牙，埋頭恭敬地答了聲「是」。

我心裡正在為這種使喚人的滋味暗爽，忽聽門外一陣嘰嘰喳喳的吵鬧聲。

「公主不可啊！您現在還不能下床！」

「公主若要見將軍也不急於一時啊！注意身體啊！」

「公主！公主！」

我的屬下臉色一變。「哼，這青靈公主實在欺人太甚！將軍，且待屬下去將她趕走。」

「慢著！」我忙喚住他：「那個誰，嗯，且讓她進來便是，無妨。」

「將軍！」

「讓她進來。」

「是……」

哪裡還用叫，初空穿著飄逸的衣裳，一腳踹開房門，邁步便走了進來。他面色依舊蒼白，但比那日狂嘔鮮血時好了許多。

「將軍？」他冷冷一笑，手指往外面一比劃。「除了床上躺著的那個，其他人全給我滾出去。」

我那屬下拳頭捏得死緊。「青靈公主，您！」

「吵得頭疼，都出去吧。」我一開口，那人咬了咬牙，強忍不甘，退了出去。

關上門，屋子裡只剩我與初空二人。

「妳最好能解釋這到底是怎麼回事！」初空行至我床邊，惡狠狠地瞪我。

我表示無奈地攤手道：「我要是知道這是怎麼回事就好了。」

初空彷彿恨得想捏死我。「叫妳投男胎妳便乖乖投就好了，妳要是不掙扎，能鬧出這些么蛾子來？」

「叫你投女胎你幹麼不投啊！」我反駁了一句，又道：「不是你懷著小人之心想坑我，我們能變成這副鬼德行？」

「好笑，這餿主意到底是誰先提出來的？妳倒往小爺頭上扣屎盆子！」

「誰希罕把屎盆子扣你頭上啊！別浪費了肥料！」

初空大怒。「妳一個女人說話還能再難聽一點嗎？」

我也大怒。「你要是和陸海空一樣，我能把話說這麼難聽？你還好意思指責我，活像你說話有多好聽似的！」

「呵，妳還敢跟我比較，妳要是像傻祥一樣乖乖的，我能對妳凶得起來？」

這話一出口，我沒能接上來，初空也是一怔。

房間裡沉默許久。初空咬了咬牙，冷哼一聲在我床邊坐下。

我本不打算再理他，但看見一個雍容美人叉開兩條腿在我身旁擺出如此爺們兒的坐相，我覺得有些詭異滑稽。埋頭看見自己平坦而寬闊的胸膛，我又是一陣深深嘆息。

我一嘆，初空便也跟著嘆，房間裡此起彼伏的嘆息聲之後，我發出質疑：「可性別再如何轉，投胎也該投成嬰孩才是，這不倫不類的……還半點不給我適應的時間，這算什麼？」

初空轉過頭來，與我互望一會兒，我們幾乎是同時捶床低罵：「該死的李天王！」

我煩躁地撓了撓腦袋。「那咱們現在該怎麼辦？一個是將軍，一個是公主，還真成了親住在一個屋子裡，這要怎麼去劃分楚河漢界，老死不相往來啊？」

初空聞言，惱怒的表情一緩，眉頭微微挑起。「說來也是。」他摸著下巴沉吟：「二十年……」

我愁眉苦臉地重複。「是啊，還要拚死拚活混滿二十年，這才一投胎就險些死掉了，以後要怎麼混啊？」

初空沉吟半晌，忽然抬頭望著我。「小祥子，打個商量。」

我一聽他說這話，下意識便皺了眉頭。每次我倆打商量，最後都不是商量的那個結果，亂七八糟的意外多得幾乎讓我自己都驚訝。「你又想幹麼？」

「咱們先合作一段時間吧。」他抱著手擺出平時那副高傲的模樣道：「現在周遭的情況都太不明朗，待我們把這一世的形勢分析清楚之後再做打算。」

他這話說得在理，但這副表情就好似是他在恩賜我一樣，我按捺住心頭的不滿，問：「怎麼合作？」

「真蠢。」初空嫌棄地瞥了我一眼。「我們要在這人世活二十年，要保命，有兩種東西絕不能碰，一是江湖，二是廟堂。江湖不用說，一群土匪拚著一腔熱血，成天沒有緣由地殺來殺去，朝不保夕。至於廟堂，我還好，而妳嘛，嘖……」他彎脣一笑，說不出的嘲諷。「只怕是活不過兩個月。」

我將拳頭捏得劈啪作響。

「玩政治，太心累，還是皇家政治。小爺可不想蹚這渾水。所以待情況明朗之後，咱們瞅準機會便歸隱吧，在深山老林之中安安穩穩地躲著，我還不信天上能下刀子把我戳死了。」

我點了點頭，道：「蠢，你想將周遭形勢分析清楚，找個人來問不就行了嗎？」

他冷冷一笑。「搞清楚妳我的身分！咱們現在是頂著這副皮囊在生活，斷不能讓人看出端倪，倘若到時直接被冠上邪魔妖道的名頭拖出去燒了，妳連哭都來不及。」

「是嗎？」我高聲一呼：「來人哪！」

我那忠心的屬下立即推門而入，戒備地看了初空幾眼，跪在地上向我行禮。「將軍。」

我點了點頭，聲色俱厲道：「你且告訴她，我是何人！」

屬下抱拳，正經道：「回將軍，將軍乃先皇欽點護國虎將之一，現任驃騎大將軍。十五歲時便上陣殺敵，十八歲時帶兵突襲敵營，於萬人之中取匈奴王子首級！二十三歲大敗匈奴，令其五十年內再無精力犯我大齊！」

我點了點頭。「很好，你再告訴她，她是什麼身分？」

他看了初空一眼，埋頭道：「皇上幼妹。」

我挑了挑眉，這還是樁門當戶對的婚事啊。男子英勇，女子秀美，天賜佳緣，怎麼最後成了怨偶……我陡然想起那日我和初空在月老殿裡打的那一架，那一次可是毀了不少姻緣啊……

我背上出了點兒冷汗，輕咳兩聲，回過神來，我接著端著架子問：「你再說說，我素日裡對公主好還是不好？」

我屬下感到奇怪地瞟了我一眼，但礙於我嚴肅的神色，又垂頭答：「將軍待公主……相敬如賓。」

嗯，如此看來，這將軍素日裡對公主其實是不大好的。「公主素日對我又如何？」

屬下語塞，正沉默之際，門外忽然有個丫頭衝進來，我猶記得是那日在狂嘔鮮血的初空身邊一直問他好不好的丫頭。

丫頭撲在地上，一連磕了三個響頭，抬起頭來，聲淚俱下地哭訴：「奴婢狗膽，奴婢深知以自己的身分輪不到在這裡說話，但將軍今日此問，著實太讓公主難堪！往日公主待將軍一片誠心，天地可鑑！公主待將軍如何，將軍豈會全然無知無覺？公主往日不讓奴婢說，可奴婢今日要是再不說，怕是要讓公主受一輩子的委屈！」

我豎起耳朵，等待她的下文，初空也靜靜地看著她。

那丫頭見沒人阻止也愣了一愣，隨即才道：「馨雲姑娘摔的那一跤不是公主絆的，她肚裡的孩子也不是公主讓她流掉的。她自導自演的一齣戲，誆將軍看了進去，這一切都不是公主的過錯，將軍為何又要責罰公主！將軍只知那馨雲有將軍的孩子，將軍可知公主也有了將軍的孩子！」

宛如一道晴天霹靂，砸在我與初空頭頂。

我一恍神，覺得世界有些慘白。我僵硬地扭過頭去看初空，他睜大了眼，帶著極度訝異後的些許空洞，盯著跪在地上的丫頭。「妳……妳……」

丫頭繼續聲淚俱下地痛號：「公主！您別瞞著將軍了！奴婢知道您心裡苦，但您為何不與將軍說？為何還要自己扛著？這次竟……公主便是不想著自己，您好歹也想想腹中胎兒，他何錯之有！而今尚不知那毒藥對胎兒有無傷害，公主實在不該再為難自己！」

初空臉色又是一白，「胎兒」這個詞敏銳地戳到我與初空的神經，我眼神轉了轉，落在初空的腹部……那裡有個「我」的孩子？孕育在初空的肚子裡？

我一時覺得這一世荒唐得如此可笑。

「我……我懷……懷孕？」初空面色慘白，眼神渙散。他揉了揉額頭，像是在強迫自己冷靜下來。「不對，一定是哪裡出了問題。」

他站起身來，一邊小聲呢喃著這話，一邊往門外走去。跪在地上的小丫頭要起來跟著他，被他狠狠地喝止。

「站住！趴地上！不准動！」想來他現在思緒定是混亂至極。「我得好好冷靜一下……必須要冷靜。」

其實，問出這個結果來，我的驚訝程度並不亞於初空，但是因為對象是初空，所以這件本來很悲催的事在我腦海裡愣是轉出了幾分喜感來。

我接著問跪在地上的小丫頭：「孩子有多大？」

「約莫三個月了……」

「胡說！」我忠心的屬下發話了。「三個月前將軍基本沒怎麼回府！青靈公主何來身孕？」

「奴婢對天發誓，句句屬實！」小丫頭立即反駁道：「三個月前，將軍有次醉了酒，宿在公主房內……知道自己有身孕後，公主本來也想差人去告訴將軍，但將軍日日與馨雲姑娘待在一起……公主又是心高氣傲之人……」

我點了點頭，心中有些感慨。真正的公主或許到最後也沒把這事和將軍說，真正的將軍永遠也不會知道他其實還有一個孩子。

白白讓初空撿了個當娘的便宜……

突然之間，我好想看一看初空分娩之時會有怎樣的表情。

七時吉祥

第九章

初空他……又沒了

白日裡，初空聽了有孕在身這個消息之後也不知道跑哪兒去了。我在床上躺了一整天，此時突然來了興致，覺得自己便是摸不清別的東西，至少應該把自己住的地方摸清，當下忍著胸腔的疼痛，掀了被子，披了衣裳便走出去。

推開門，便看見一直敬業地守在門口的屬下。他見了我，大驚道：「將軍，您傷還未好，要多多歇息才是。」

我清了清嗓子，裝出一副深沉的模樣道：「躺久了乏得很，我出去走走。」

「如此，且待屬下為將軍安排步輦……」

我揉了揉胸口，心道凡人就是事多，這點兒傷走幾步路還能死人不成？我擺了擺手道：「不用了，你點個燈籠給我帶路便好。」

這屬下從前定是極為敬重將軍的，雖然面有猶豫，但還是不敢說什麼，打了燈籠便在前面替我看路。「將軍想去哪兒？」

我眼珠轉了轉。「安靜點兒的地方。」

一路他在前面靜靜地走著，帶我彎彎繞繞走過許多小徑，最後停在花園圍牆外。我點了點頭道：「你在這裡等等，我想一個人走走。」

他自是沒有異議。我獨自邁步走進花園，一來我便後悔了，此處確實安靜，半點嘈雜聲也無，大半夜的什麼也看不清，唯有假山後一個池塘映著月光閃閃發亮。

等等……池塘邊上立著的那人是誰？

我瞇了瞇眼，定睛一看，登時大驚，那竟是公主模樣的初空！他……他這是在做什麼？難不成是因為生活對他的打擊太大，他想自尋短見？這可使不得啊！他死了，我孤軍奮戰，豈不是更難做了！

「公主空！不准跳！」我大呼。「珍愛生命啊！」

初空淡淡轉頭看我。「啊？」

語言的力量始終是不大管用的，當下我腳一跺，幾步衝了過去，一把抱住他的腰，將他緊緊摟在懷裡。「你冷靜一點，我們談談！」

「妳在幹什麼！」

懷裡的人奮力掙扎，但現在他一個女子的力量始終是沒有我一個糙漢來得強。任由他纖細的手在我寬厚的胸膛不痛不癢地捶了幾拳，我鬆了他的腰，將他肩膀一抓，捏著他狠狠晃了晃。

他整個人彷彿都被我晃散架了一樣，身子一軟，我就勢又攬住他的腰，沉痛地說：「我知道你心裡苦，但是你也不能這樣對待自己。好歹……你也是有身孕的人了！」

初空在我懷裡顫抖起來。「妳……」

我側耳，認真傾聽他的話，他卻掄了拳頭，狠狠打在我的臉上。趁我呆愣之際，他一把推開我，指著我鼻子罵道：「妳別入戲太深了！」

我揉了揉臉，鑒於如今我二人體格的差距，他這一拳實際是沒對我造成多大傷害的。我也萬分理解他現在的心情，所以便不與他計較這一拳頭的事了。

盯著初空好一會兒，我奇怪地問：「你不是要自尋短見嗎？」

他氣得跺腳。「妳以為我是有多著急要趕下去和閻王親熱？小爺我傻嗎？」

我又指了指亮晃晃的池塘。「那你是在做什麼？」

初空的神色瞬間變得蕭瑟起來，彷彿一下子就蒼老了數千歲。「我在感嘆天命難違，李天王心狠手黑。」

我無言，與他一同沉默地哀嘆了會兒人生。

「那……」我遲疑地開口：「孩子，你還是要的吧？」初空瘦削的肩膀一抖，我抬頭，眼神四處亂飄。「其實我還是挺想看你生孩子的……畢竟為人父母，我還是第一次經歷。」

初空的肩膀抖個不停，我彷彿聽到了牙齒都要咬碎的「咯咯」聲。

我打著哈哈，摸頭一笑。「當然，這事還是要女方做主。」

話音未落，一塊石頭狠狠砸在我的頭上，我腦袋一暈，踉蹌了兩步摔坐在地，胸膛一痛，我感覺有溫熱的血液流了出來。我呆呆地一摸，在皎潔的月光下抹了一手的血，我駭得倒抽冷氣。「救命、救命！我不要見閻王！」

初空也被嚇到了，他呆了呆，忙跑到我身邊蹲下。「有無大礙？」他一隻手捂著我的傷口，彷彿想要以法術為我療傷，但是捂了半天，連屁也沒憋出一個，初空青了臉。「該死的凡人！」

我忙拽了他的手。「不准說死！還沒到二十年啊！」

初空喉頭一哽，緊緊閉上嘴，他在衣袖裡掏了掏，頗為粗魯地掏出一方絲絹，捂在我胸口上。我也別無他法，只有乖乖讓他捂著，靜待血液止住。

月色朗朗，我能看清初空緊蹙的眉頭；清風徐徐，我能聽見沒了法力的兩個凡人交錯的呼吸聲，如此貼近。

腦海裡有很多模糊又清晰的畫面閃過，有陸海空仰頭望著我靜靜微笑，也有初空輕輕拍著傻祥的背一同入睡。我恍然發覺，這好似是我與他第一次在兩人都擁有記憶的時候和諧相處，互幫互助。

「喂……」

「喂。」

我與初空一同開口，也一起愣了愣。

「好吧，你先說。」

「妳先說……」

我倆又是一愣，望著對方沉默下來。

初空深吸了口氣，道：「……對不住。」

我呼吸一窒，忙轉了眼望天上的月亮，看是不是有人做了個假的掛在天上。但令人稀奇的是，月亮居然是真的；更稀奇的是，初空方才向我道歉……也是真的！

我傻眼了。

初空眼神閃爍，飄向不明的遠方。「在第二世的時候屠了楊府，雖然並非我本意，但也是我沒來得及阻止，我趕去之時，聖凌教眾教徒已經動完手了，之後未告知妳實情，也是我——」

「等等。」我打斷他的話。「你要跟我道歉的，是這個？」

初空眉頭一挑。「不然妳以為是哪個？」

我內心的狂風在呼嘯。難道不該為經常動手打女人道歉嗎？難道不該為害得我要陪著他歷七世情劫道歉嗎？難道不該為之前做的種種對不住我的事情道歉嗎？他甚至都不是為現在將我的傷口打裂了道歉。只是為了……

他做的無數對不住我的事情中，最特定的一件！

我懂了，點頭道：「原來你好那一口啊，原來你喜歡傻子啊。」

初空聽了這話卻出人意料地沒有發怒，他盯了我半晌，眼神持續往遠處飄。「哼，妳不也好那一口嗎？那個叫陸海空的傻子，還是個瞎了一隻眼的。」

他這句淡然的諷刺微妙地刺痛了我心底某根神經。

我忘了胸口還在淌血，也感覺不到疼痛，拽了初空的衣領，強迫他看著我。我盯著他，嚴肅而鄭重道：「你給我聽清楚了，陸海空不傻，他眼睛不好，但看得比誰都清楚，他心裡比所有人都清明。別再說他一句壞話。」

初空呆怔地望著我，一雙黑瞳裡全是我那被月光映白了的臉。

隔了許久，他才失神地問：「妳果……果真……」

我覺得自己這點兒心思著實沒什麼遮掩的必要，而且陸海空早已經死了，死在初空的過去裡。

我點頭，直直地望著初空。「沒錯，我喜歡他，很喜歡。」說完這話，我有些傷感地垂了眼眸。只可惜，這世上再沒有一個人會像陸海空那樣對我好，我也再不可能那樣心疼和喜歡一個人。

整理好思緒，我再抬眼，看見初空的那一瞬我又傻眼了。

他漲紅一張臉，全然不似被我警告過的模樣，連耳根子都有羞澀的痕跡。

我訝異地抽了抽嘴角。「哎……」

「閉……閉嘴！」初空惱怒地將染了血的絲絹扔在我身上，他自己站起身來，踉踉蹌蹌往後退了幾步。「小爺……小爺不想聽妳說話！」言罷，他扭身便跑，儼然一副嬌羞的模樣。

我眨巴了一會兒眼，還沒回味過來其中滋味，便見胸膛血液持續而洶湧地往外淌。我大驚失色，連忙撿了絲綃將傷口堵住，掙扎著向花園大門爬去，嘴裡呼喚著：「救命！救命！」

還沒看見初空產崽，我怎能在這時去親閻王的臉蛋！李天王你讓我如何甘心！

花園一夜之後，我又撿回一條命。時光飛逝，眨眼間我養傷已養了兩個月。這兩個月以來，我的傷已經好得差不多，周遭情況也了解得差不多了。

我知道我的名字叫楚清輝，是個憑著自己出色的軍事才能混到將軍位置的武將。我那忠心的屬下名喚楚翼，是將軍的左膀右臂。那公主名號「青靈」，名字叫芙盈，是皇帝的幼妹，當今太后最疼惜的一個女兒。

話說，公主與將軍的這段孽緣，要從將軍從小兵變成將軍的那一天說起。將軍入宮受封，公主在宮中對將軍驚鴻一瞥，從此非君不嫁，愣是讓皇上下旨，逼著將軍娶了她。

而這時將軍還有一個與他私訂終身的女子，也就是之前我那屬下無數次提過的馨雲姑娘。那姑娘是個醫女，曾救過將軍的命，將軍與她感情篤深，但礙於皇命，無奈之下只好先娶了公主。但將軍與馨雲的聯繫並未就此斷絕，他用不歸家的方式來抗議皇命，日日住在馨雲的別院之中。後來馨雲懷了將軍的孩子，卻流掉了，據說是公主幹的——至於到底是不是公主幹的，這還有待商榷。

而馨雲的孩子終究是沒了，將軍將這怒火發在公主的身上，殊不知公主也有了他的孩子。心高氣傲的公主無法忍受這樣失敗的婚姻，最後選擇與將軍同歸於盡。

這是我了解到的事情經過，但這事的疑點尚有許多，我總覺得事情沒有表面上看起來那麼簡單。

我與初空的目的是擺脫目前皇親貴胄的身分，歸隱山林，但按照目前這情況，公主有孕，將軍有婚外情，公主她哥定是不會放我們歸隱的；而且朝堂上的形勢不如家事這般容易了解，要脫離將軍、公主的身分，實在是讓人沒有頭緒啊。

我坐在涼亭中，靜看亭外秋色，飲下一口酒，又是一聲嘆息。

在我身邊伺候著的楚翼又立即替我添上一杯酒。我滿意地點了點頭，除開情勢不大明朗之外，我現在的生活還是相當愜意的，吃喝不愁，還有貼身伺候的人，美好得堪比我第一世的日子。

我打量楚翼幾眼，心想，歸隱之後，我若還想過不用自己動手便能豐衣足食的生活，必定要想個法子把這傢伙誆走。挑水砍柴、洗衣做飯、看門守家，他一個人可以全部包辦，甚至多誆一誆，還不用發他月錢。這實在是一個完美的勞動力啊，我現在必須將他拉攏著。

我輕咳兩聲：「楚翼，你也坐，來陪我喝兩杯。」

楚翼一驚。「屬下不敢。」

「坐，你我親如手足，實在不該有尊卑之分，日後有我一杯酒喝，便也有你一杯。」

「將軍……」

楚翼正待說話，一個侍衛卻走了進來，抱拳道：「將軍，馨雲姑娘求見。」

對了，我差點忘了，目前這三角戀當中還有一個人活著。這馨雲流產了卻沒死，現在還來求見將軍，想來是多日不見君，心裡思念了吧……

我有些苦惱，和一個女人談情說愛，這不是為難我嗎？可騎虎難下，我只能點了點頭道：「讓她進來。」

那侍衛有些遲疑道：「可是……公主好似也正往花園中來……」

楚翼立馬道：「將軍，我且去將馨雲姑娘接到內房？」

我估計著初空總不會和一個女人打架吃醋，當下便豪氣地一揮手道：「還用躲著她不成，讓她們都來。」

涼亭中秋風瑟瑟，我又飲了幾口酒，一個粉衣女子驀地跪在我跟前，想來這便是那名喚馨雲的姑娘。

可是情人相見，妳一直跪著幹麼……我打量她半晌，見她一直埋著頭不說話，我摸了摸臉，覺得自己是不是臉色擺得太嚴肅了，當下彎了彎脣角，笑道：「起來吧。」

馨雲卻開始顫抖起來，她一磕頭，戰慄著道：「將軍……妾身……」

聽到這兩個稱呼，我稍有些驚訝。看來這個將軍素日雖確實將馨雲當內人看待，但還是有嚴格的尊卑之分。我擺了擺手道：「妳先起來。」

馨雲這才抬頭看我，眼裡藏著打量。「將軍……不罰我？」

有內情！

我挑了挑眉，做出一副高深莫測的模樣。「妳何錯之有？」

馨雲埋頭琢磨一會兒，才慢慢站起身來。「將軍。」她軟軟地喚了我一聲，坐在我旁邊的位置上。「妾身思念將軍多日，今日……」她臉一紅。「奈何相思不解相思，無奈之下才來求見將軍，若是為難了將軍，還請將軍責罰。」

我撓了撓頭，正想告訴她，說話的時候別老往我身上蹭，結果耳邊聽得一聲冷哼。我一抬頭，看見初空領著幾個婢女走進園子裡，我呆呆地望著他，不知為何，卻見他驀地臉紅起來……

初空在那方兀自臉紅了幾番，竟不躲我，緩步走了過來。

我飲了杯酒，打量周遭人精采的面部表情。馨雲將我挨得更緊，一臉驚惶。楚翼比我還緊張，悄悄靠到馨雲旁邊，就怕待會兒初空過來將她殺了一般。

初空身後幾名婢女的神色也憤慨得十分精采，唯有初空一臉淡然，抬著下巴，高傲地行至我跟前。

他的臉色有些蒼白，想來是懷孕讓他身子有些虛弱吧。我摸著下巴想。這樣的情況下，公主和將軍的對話應該是怎樣的呢？

我苦苦思索不得其果，卻見初空一拂衣袖，在我身側坐下來，他指了指馨雲的手輕聲道：「放手。」聲音不大，但語氣中帶著把人鄙視到鞋底的傲慢。

馨雲立時被燙到一般撒了手，又「撲通」一聲跪在地上，杏眼含淚，楚楚可憐地望了望我。

此時我還沒想出將軍該有什麼樣的反應，所以一直裝作高深莫測地飲酒，等初空自己收拾場面。

初空也拿了個杯子，倒了杯酒，他身後的侍女立即道：「公主，您有孕在身，不宜飲酒。」

初空不動聲色地把玩了酒杯一會兒，將杯子往桌上一放，推到靠近馨雲的那一方。「我倒是忘了這回事，既然如此，馨雲姑娘便代本宮喝了這杯酒吧。」

馨雲渾身一顫，眼神中皆是驚恐。

我恍然憶起在皇家賜酒與賜死沒什麼差別，又知道初空這傢伙雖傲慢無禮，但絕不會如此隨興殺人，這酒約莫是在逗她玩吧……於是我便也睜大了眼，興匆匆地望著馨雲。

「將軍……」身後的楚翼比我還急，我擺了擺手，讓他閉嘴。

馨雲求救一般看了我一眼，我也直勾勾地盯著她。

彷彿知道我不會開口救她，她一咬牙，拿起酒杯，一仰頭，將杯中酒盡數飲下。她緊閉著眼，恐懼地等了半晌，卻沒等到什麼反應。她更為驚駭地睜開眼，望向斜眼打量她的初空。「青靈公主您……」

「本宮如何？」初空笑了笑。「本宮如何，妳都只有受著。」

馨雲垂下頭，拳頭捏緊。

場面一時靜了下來，初空的手指在桌上輕敲，他垂著眼不知在思考什麼。我覺得我這樣一直沉默下去也不是辦法，便讓楚翼將馨雲送走了。初空與我坐了一會兒，也讓身後的幾名侍女到園外去守著。

屏退了左右，我悄悄對初空豎起大拇指。「你著實很有公主的派頭。瞧這傲嬌的模樣，嘖嘖……只是如此逼迫一個女子，你心中不會愧疚嗎？」我恍然憶起初下地府的那一次，初空身邊站著的那個粉衣女子。我努力想了想，終於憶起她的名字，我笑問初空：「你對那鶯時仙子可曾如此恐嚇過？」

初空淡淡掃了我一眼。「鶯時斷不會做她那副令人厭惡的模樣。」

聽他如此維護一個女子，又想到他當初說要把我當作太監一般虐待七世之後回去陪那人看星星，我心裡陡然不爽起來，將酒杯往桌上一放道：「我瞅著馨雲那模樣沒什麼不好，柔弱得恰到好處。」

初空斜眼看我，眉頭輕挑。「給妳一個軀殼，妳還真把自己當男人了？」

我不想與他再爭論這話，扭頭望天。「嗯，今日秋高氣爽，天氣不錯。」

初空冷冷一笑，道：「我忙裡忙外地查消息，某人卻閒得在這裡左擁右抱地喝酒，男女通吃，妳這日子過得確實不錯。」

我抗議。「第一，我沒有左擁右抱，也沒有男女通吃；第二，我也在認真地摸清周遭環境。」

「哦，那妳倒是說說妳都摸清了些什麼？」

我肅了臉色，正經道：「將軍府的廚子水平太次了。」我拿了一個放在桌上的糕點，一邊咬一邊嫌棄道：「真不知道之前那將軍和公主是怎麼忍受他做到現在的，我正想改日尋個錯處將他辭了。」

初空嘴角抽了抽，毫不客氣地將桌上的點心連著盤子一扔，盡數丟進池塘裡餵魚去了。「沒出息。」他如此評價我，而後斂了神色道：「妳可看出來這馨雲不簡單了？」

我一驚，忙將一嘴的點心嚥進肚裡。「她有多複雜？」

「用妳僅有的聰明勁想一想，若是心高氣傲的公主都決定與將軍同歸於盡了，又怎會放過她？得知這個女子還活著時，我便將她徹查了一番，果不其然，她背後確實是有人在操控的。」

「什麼人？」

初空搖了搖頭。「我現在能查到的還不多，但此女必定要小心。」初空摸了摸下巴，瞇眼道：「以我現在掌控的勢力便能查出這馨雲的不妥，之前那將軍既能從一名小兵爬上將軍的位置，想來也是極聰明的人，他必定也能查出馨雲來歷奇怪，但為何還那麼寵愛她呢？還真的被迷暈了頭腦不成……」

我摸了摸酒杯，猜測道：「會不會……將軍並沒有像外人看見的那麼喜歡馨雲？」也沒有像外人看見的那麼厭惡公主……

初空皺眉想了一會兒，低罵道：「這些麻煩的凡人，成天就知道整些破事出來！」

我也撓心肝地著急。「好想去地府抓住他們，把前因後果問個明白啊！」

感慨一會兒，我倆坐在亭子裡靜了下來。秋風蕭瑟，我小聲地吐出一句話：「懷孕……感覺怎麼樣？」

初空的聲音輕得彷彿要消失，我繼續問：「肚子大起來了嗎？我怎麼覺得你好似沒什麼動靜啊……」

我本以為聽了這話，初空可能會發火，哪兒想他只是懨懨地瞅了我一眼，道：「要有什麼動靜，妳說來聽聽。」

我伸出手指挨個數道：「食慾不振，渾身疲乏。」

「有點。」

「乳房脹痛，反胃嘔吐。」

初空搖了搖頭。「沒有。」

我感到奇怪。「腹部沒有變大嗎？」

「我怎麼知道它變沒變大。」初空也覺得奇怪地反問我：「小爺沒事還在一個女人的肚子上摸來摸去嗎？」

「可是這現在是你的身體啊。」我噘嘴道：「你以為我每天提著那玩意如廁是有多爽嗎？我一個青澀的黃花大閨女都捨了臉皮這樣做了，你每天摸摸肚子關心一下小孩又怎麼了？」

初空一瞇眼。「妳以為做女人很輕鬆嗎？胸口沉重得跟鐵球一樣，每天還要挺著腰走路，真是不嫌累。」

「胡說！你以為我沒做過女人嗎？哪兒有這麼誇張。」

初空挑眉，靜了一會兒，忽然詭異地牽扯嘴角笑道：「嗯，我想妳永遠也體會不了我的憂傷。」

我暗自捏緊拳頭。這貨……到底是在嫌棄我什麼……

初空忽然站起身，將桌上的酒壺提走。「下午我再去探探那柔弱得恰到好處的馨雲姑娘。將軍大傷未癒，酒還是賞給別人喝吧。」他走出了園子。

我盯著空無一物的桌子想了想，初空這孕懷得好似有些奇怪啊，我還是去問問大夫，給他開幾服安胎藥吧……好歹我們現在也是合作關係，公主攘外，將軍必得助他安內才是。

用完午膳，我晃去了府中養的大夫那裡。張大夫是個中年男子，有些猥瑣，有些怕死，從我進他這房裡開始，他便一直瑟瑟發抖。

我皺眉問：「最近可有去給公主把脈安胎？」

張大夫又狠狠抖了幾下。「稟將軍，自上次公主中……中毒之後，她便不再讓小的替她把脈了，送去的安胎藥也盡數退了回來。」

「胡鬧！」我怒道：「公主任性也便罷了，你竟敢幫著她隱瞞不報！要是耽擱了初空生孩子，以後怕是再也看不見這種奇觀了！

張大夫嚇得磕頭。「將軍恕罪！將軍恕罪！」

我見他抖得可憐，便讓他起來答話。我將初空告訴我的症狀告知了張大夫，還沒開口詢問他，他又是「撲通」一聲跪下去，身子抖得越發厲害。

我奇怪地道：「我又沒欺負你，你怕什麼？起來。」

「小的不敢！小的不敢！」

他這副瑟縮的模樣倒是將我惹得有些怒了，厲聲道：「起來！有什麼話給我好好說！」

張大夫將頭貼在地上，聲音顫抖道：「小的……小的以為，公主這症狀，肚裡……肚裡怕是懷的死胎。」

我眨了眨眼，一時沒反應過來他說的話是什麼意思。「你再說一遍。」

我蹲下身子，用耳朵對著他。「大聲些。」

「公主……公主懷的許是死……死胎。」

我聽清楚了，站起身來，覺得腦袋有點暈。

張大夫又顫抖道：「將軍，將軍，若是不早日將那胎兒引出來，怕是對母體有極大的傷害啊！弄不好，公主也會……」

我心頭大驚，一手提了張大夫，一邊邁步往初空的住處疾行而去。死胎便死胎吧，看不見初空產子便看不見，但若他死了……我心頭莫名有些慌。若他死了，我還玩什麼？

我這邊一路急急忙忙趕到初空的院子，他的婢女卻閃爍其詞，不肯告訴我初空在哪兒。我急得上火，腦筋一轉，忽然想到先前他不是告訴我下午要去探探那馨雲姑娘嗎？此時他定是在馨雲的別院裡。

我又拽了大夫，讓楚翼駕了馬車，急匆匆趕去馨雲的院子。

馨雲住在城西一處小別院中，是將軍特別為她安置的。馬車尚未在院門前停穩，我一步跳下，忽聽院子裡傳來初空一聲驚呼，夾雜著罵人的聲音。他聲音緊繃，彷彿帶著難以忍耐的疼痛。

楚翼的眉頭微妙地挑了挑，他定是萬萬想不到高傲的青靈公主會罵這樣的髒話吧。

而我現在也無心去管我倆的身分是否會被別人懷疑，心道，裡面定是出事了。兩步邁上前，我一腳踹開院門，逕自走進去。

看見院中場景，我驚了一驚。三名黑衣人站在院中，一人架著馨雲的胳膊，她彷彿受了不輕的傷。而初空蹲在地上，他額頭上全是冷汗，臉色慘白一片，寬大華麗的裙襬鋪了一地。兩名婢女倒在初空身邊，也不知是暈過去了還是已經踏上黃泉路。

我猛地出現，兩方人馬皆是一驚。三名黑衣人對了眼色，隨著一個「跑」字音落，爆裂的聲音乍響，塵埃翻飛。我身後的楚翼未等塵埃落定便提了輕功追上前去，一眨眼也不知道跑哪兒去了。

我根本沒心思去管這些來來去去的人，三步併作兩步奔到初空跟前。我拍了拍他的臉，讓他已經有些渙散的意識集中起來。「喂，你怎麼了？受傷了？傷哪兒了？」

初空緊緊地抓住我的手，唇齒間吐不出一個完整的詞語，我費力聽了半天也沒聽懂。

他開始不受控制地翻了眼白，嘴裡斷斷續續，總算說出了兩個比較清晰的字——

「生……了……」

我腦袋空了一瞬，也顧不得其他，將他的身子打橫一抱，掀了下面那寬大的裙襬，只見一攤血以我難以想像的速度暈染開來。頭一次經歷這樣的場面，我也嚇得抖了起來，慌不擇言道：「初空，不對啊！你生孩子怎麼跟來大姨媽似的……這不對啊！」

躲在門外顫抖的張大夫彷彿看不下去了一般，他瑟縮地跑到我身邊，又看了會兒初空，慌亂道：「將軍！是死胎……胎兒流出來了！不能讓公主如此流血啊，必須得止血！」

我在驚慌之中，大腦又是狠狠一驚。「該……該……該怎麼止血？堵住嗎？用什麼堵住？擀麵杖？」

張大夫尚未給我答案，我以為已暈過去的初空卻忽然拽住我的手，他惡狠狠盯著我說：「妳敢亂來……試試！」

我急得快要哭出來，眼眶紅了又紅，鼻頭酸了又酸。「那你怎麼辦，你痛不痛啊？你要我怎麼辦？要我做什麼！」

初空見我這模樣卻是怔了怔。「不過……一場輪迴……」

他說的，我又何嘗不懂。這世間對我和他而言，不過是一場輪迴，但每一場輪迴都是唯一的，錯過了便不再存在。凡人太脆弱，所以他們會更珍惜。生而為仙的我與初空或許在心裡並不能理解凡人對死亡的畏懼，但在此時此刻，我知道他下腹流出的曾是一個生命，眼睜睜看見一條鮮活的人命在眼前慢慢消逝……

我沒辦法不害怕、不戰慄。

神仙薄情，或許只是因為事不關己。

我在初空床邊守了三天三夜。

頭一次看見高傲的初空如此虛弱蒼白，我十分不習慣，雖然他現在是個女人。這麼老實乖巧地躺在床上任人打量，讓我感覺好似又回到了他還是陸海空的時候，極脆弱、極堅強，只對我毫不設防……雖然他現在是個女人。

連我自己都沒想到，看見他流血，我會慌成那樣，就像是天快塌了一樣。這種新奇的感覺我還是第一次體會到……雖然對象是個女人。

我捂臉，一聲長嘆。不想我嘆了一聲後，躺在床上整整三天沒作聲的人忽然一聲呻吟。我精神一振，立馬湊到他腦袋邊輕聲喚道：「初空，公主空？你醒了？」

他眼皮抖了抖，極其艱難地睜開了眼。我緊緊盯著他，就怕他再出點兒閃失。

初空瞇著眼，困難地盯了我一會兒，忽然眼睛又閉了回去。

我心頭大驚，心道方才難道是他迴光返照？這可不行！我用手指使勁掰開了他已經闔上的眼皮，對著他的眼白，沉痛喚道：「不！不要！你不要死！」

「死……不死，是我能說了算的嗎……」初空的聲音沙啞而虛弱，他眼珠轉了轉。

我總算能看見黑色的眼珠了，心中一安，放開了手，長吁道：「你這眼睛一翻一翻的，我真以為你不行了。」

初空斜眼瞟了我一眼，立馬又把目光轉開了，聲音頗為嫌棄道：「一醒來便瞅見一個形容邋遢的糙漢蹲在自己床邊，鬧心。」

他一用這樣的語氣說話，我便知道他肯定死不了了。心頭一直壓著的大石頭陡然落地了一般，我也不去計較他這態度有多欠揍，在床邊坐著便笑了起來。「活過來了就好。」

初空眉毛稍動了動，別著腦袋，斜眼看我。「妳……很擔心我？」

「很擔心。」

彷彿沒想到我會答得這麼直白，初空沒吭聲，腦袋往被子裡鑽了鑽，然後我看見他的耳朵慢慢紅了起來。

我暗自抹了把辛酸淚。「你不在了，誰還衝在前面挨刀子？到時候我也死了，要去地府親閻王的臉蛋，還是你親過的，想想就覺得恐怖，是吧。」

房間裡靜了一會兒，初空的腦袋又從被子裡伸出來，他盯著我，聲色無情道：「妳出去。」

「去哪兒？」我恍然大悟。「瞧我糊塗的，應該先讓大夫來給你診診脈。」我拽了初空的手緊緊握住。「我知道沒了孩子你定是難過的，但是，人生沒有過不去的坎。每一次災難，我們都要把它當作豐富我們人生的財富。」我深深地望著初空蒼白中帶著些許青黑色的臉。「你一定要堅強！」

初空用力把手抽了出來，顫抖著指著屋門，咬牙切齒道：「滾！」

我如他所願地離開屋子，將張大夫和一眾婢女喚進屋去時，我語重心長道：「公主才沒了孩子，情緒難免低落些，你們好生伺候。」

不眠不休地守了初空三天，任這將軍的身子再是鐵打的，我還是扛不住疲憊。回了自己的房間，我逕直往床上一躺，閉了眼便想睡；可世界越安靜，我越能聽見胸膛裡有什麼東西在蠢蠢欲動。

我摸了摸莫名其妙有些燙起來的臉頰，仰天長嘆。情況有點不妙啊……

「妳……很擔心我？」

「很擔心。」

想到這段對話，我情不自禁地捂住嘴。簡直……就像是脫口而出一般，沒有遮掩住。

我這是怎麼了，到底出了什麼問題……

一覺醒來，天已大亮，我翻身下床，推門一看，嚇了一跳。

「你又跪著幹什麼？」

楚翼又規規矩矩地跪在門口，聽我詢問，俯身磕了個頭道：「請將軍責罰，那幾人逃掉了。」

我摸了摸鼻子，心想這將軍以前到底是怎樣的脾氣啊，他家裡的人怎麼這麼喜歡跪來跪去？我擺了擺手。「罷了，逃了便算了。」

言罷，我抬腳便要往初空那方走，楚翼卻還沒起身，又磕了個頭道：「將軍，馨雲姑娘……您布了這麼久的局，就此放她走掉……」

我腳步一頓，眼神落在楚翼身上。那將軍之前果然對馨雲這女子起了疑心！看樣子，楚翼對將軍布了什麼局相當了解。我眼珠一轉，道：「事已至此，也只能走一步算一步了。」

楚翼把額頭貼在地面上，聲音中帶著自責與痛悔：「都怪屬下無能！讓馨雲同那幾個衛國細作一同逃掉了。」

我點了點頭。原來那馨雲竟是衛國細作，想來之前那將軍定是識破了馨雲的身分，將計就計把她留在身邊，以此反過來刺探衛國的消息。果然是一個聰明的將軍。

我坦然道：「無妨，兵來將擋，水來土掩，你且先起吧。」

楚翼總算肯起來，他看了我幾眼，頗為憂慮道：「將軍，如今邊境形勢一日緊似一日。只怕用不了多久，戰事又要開始，而自上次重傷以來，您的身體……」

他的憂心我聽在耳裡，落在心裡的卻只有六個字——戰事又要開始。我忽然覺得，之前初空與我說的什麼江湖和廟堂都不算什麼，最容易死人的地方明明是沙場啊！千軍萬馬之中，死了連屍體都找不全好吧。

我揉了揉額頭，佯裝淡定。「嗯，我自有打算。」說完，也不看他的表情，急匆匆往初空那裡趕，這事我們必須得好好商量。

走進初空的房間時，他正在喝藥。婢女用精美的小勺子一口一口地慢慢餵他，我見他喝得眉頭皺成一團，想來像這樣品茶一樣喝藥定是讓他痛苦不堪的。我兩步走上前，從婢女的手裡拿過藥碗，道：「我來，妳們都退下吧。」

幾名婢女面面相覷不肯走，直到初空開口讓她們退下，幾人才魚貫而出，把門關上了。

我毫不客氣地在他床邊坐下，把碗遞給初空，讓他自己喝藥。初空不滿地看了我一眼。「妳倒是餵我啊。」

我心裡正火燒一樣著急，聽了他這話也懶得與他爭，一起身，抬了他的下巴又捏了他的嘴，一碗藥「咕咚咕咚」地灌進去，一如他當年在奈何橋邊灌我孟婆湯一樣乾脆。

將碗往旁邊一放，我嚴肅地告訴他：「大事不好了。」一個拳頭呼嘯著揍上我的臉。「妳先去給我死一死！」

他這一拳自然打得和撓癢似的，倒累得他拉風箱一般在旁邊咳了個半死。我拽了他的手，幫他拍了拍背，繼續嚴肅道：「初空，我覺得咱們到了該私奔的時候了。」

初空喘氣和咳嗽的聲音一頓，他斜眼看我，極為蔑視。「妳又闖什麼禍了？」

「你知道嗎？那個馨雲居然是衛國的細作。」

「嗯，知道了。」

「將軍之前也知道馨雲是細作，他是在反偵察！」

「嗯，也知道了。」

「齊國與衛國可能就要開戰了，搞不好上戰場的就是我啊！」

「這個大概也猜到了。」

我氣得咬牙。「你怎麼什麼都知道了但是什麼都不和我說！你這個陰險的傢伙是想看著我身死沙場然後去改嫁吧！」

「這些都是在我去馨雲那院子後知道的，小爺只是一直沒找到機會與妳說罷了。」初空道：「當時若不是肚子突然痛了起來，那四個傢伙早被我捉住了。」

我感到奇怪道：「你不是沒有法力了嗎？」

初空嗤笑道：「有的東西是深入靈魂之中的，算了，與妳說了妳也不懂。小爺現在就是這身體礙事了些，咱們倆若換一換，看我不玩死那幾個凡人。」

我嘆息。「事實是咱們倆沒辦法換一換啊，所以我們還是跑吧。你若還想留下來玩，那我自己可先跑了。」

我話音未落，忽聽敲門聲起，婢女的聲音在外面響起。

「將軍，皇上有旨，要將軍即刻入宮。」

初空望著我，淡淡道：「嗯，看來，妳是跑不了了。」

我捂住胸口，默默淌了一臉辛酸淚。

七時吉祥 上卷

作　　者／九鷺非香
執 行 長／陳君平
榮譽發行人／黃鎮隆
協　　理／洪琇菁
總 編 輯／呂尚燁
執行編輯／陳昭燕
美術監製／沙雲佩
美術編輯／李政儀
國際版權／黃令歡、高子甯
文字校對／朱瑩倫、施亞蒨
內文排版／謝青秀

國家圖書館出版品預行編目資料

七時吉祥 / 九鷺非香作 . -- 1 版 . -- 臺北市：城邦文化事業股份有限公司尖端出版：英屬蓋曼群島商家庭傳媒股份有限公司城邦分公司尖端出版發行 , 2023.10
冊；　公分
ISBN 978-626-377-113-0（上冊：平裝）

857.9　　　112014359

出版／城邦文化事業股份有限公司　尖端出版
台北市 104 中山區民生東路二段 141 號 10 樓
電話：（02）2500-7600　傳真：（02）2500-2683
讀者服務信箱：7novels@mail2.spp.com.tw
發行／英屬蓋曼群島商家庭傳媒股份有限公司城邦分公司　尖端出版
台北市 104 中山區民生東路二段 141 號 10 樓
電話：（02）2500-7600　傳真：（02）2500-1979
劃撥專線：（03）312-4212
戶名：英屬蓋曼群島商家庭傳媒（股）公司城邦分公司
劃撥帳號：50003021
※ 劃撥金額未滿 500 元，請加付掛號郵資 50 元
法律顧問／王子文律師　元禾法律事務所　台北市羅斯福路三段 37 號 15 樓

台灣地區總經銷／中彰投以北（含宜花東）　楨彥有限公司
電話：（02）8919-3369　　傳真：（02）8914-5524
雲嘉以南　威信圖書有限公司
（嘉義公司）電話：（05）233-3852　　傳真：（05）233-3863
（高雄公司）電話：（07）373-0079　　傳真：（07）373-0087
馬新地區總經銷／城邦（馬新）出版集團 Cite（M）Sdn Bhd
電話：603-9057-8822　　傳真：603-9057-6622
E-mail：cite@cite.com.my
香港地區總經銷／城邦（香港）出版集團 Cite（H.K.）Publishing Group Limited
電話：852-2508-6231　　傳真：852-2578-9337
E-mail：hkcite@biznetvigator.com

版　次／ 2023 年 10 月 1 版 1 刷　Printed in Taiwan